La Ferme d'en haut

Michel Ragon

La Ferme d'en haut

ROMAN

Albin Michel

IL A ÉTÉ TIRÉ DE CET OUVRAGE
VINGT EXEMPLAIRES
SUR VERGÉ BLANC CHIFFON, FILIGRANÉ, DE HOLLANDE
DONT DIX EXEMPLAIRES NUMÉROTÉS DE 1 À 10
ET DIX, HORS COMMERCE, NUMÉROTÉS DE I À X

1

Je ne sais si vous avez déjà eu quatre-vingts ans

Je ne sais si vous avez déjà eu quatre-vingts ans. C'est une sensation extrêmement désagréable. Le vieux Gustave venait de décrocher ses quatre-vingts ans. Il en était à la fois étonné et perplexe. Etonné parce qu'il avait accompagné tellement de gens au cimetière et que lui se trouvait toujours là. Perplexe parce qu'il se demandait comment il allait faire pour mourir puisqu'il n'était jamais malade.

Lorsqu'il se rendait au village, on le congratulait pour sa bonne mine. Mais lui savait bien qu'autrefois, avant qu'il ne devienne irrémédiablement vieux, on ne s'informait jamais de sa santé.

Bon pied, bon œil ? Non, le pied trébuche, le genou plie mal et l'œil voit à travers une eau trouble.

Le vieux Gustave (il y avait une vingtaine d'années qu'on l'appelait le vieux Gustave) n'avait jamais connu personne qui eût atteint son âge. On mourait jeune, alors, à la campagne, bien que l'air y fût excellent. Ce qui n'empêchait pas que les vaches y aient une tendance à devenir tuberculeuses et à refiler leurs microbes aux humains.

Le vieux Gustave était veuf depuis longtemps. Son fils aîné, Alfred, qui exploitait maintenant la ferme familiale, en était à sa seconde épouse qui, elle-même, avait une propension à tousser exagérément.

Le vieux Gustave s'était colleté toute sa vie à une terre qu'il fallait ouvrir pour y jeter des semences, une terre compacte, rebelle à la charrue et à la bêche, une terre qui, néanmoins, à force de patience, donnait de beaux épis.

Cette terre lui collait aux pieds. Il lui semblait qu'il était né de cette terre et qu'il était naturel que, bientôt, elle l'engloutisse. Il ne se lassait pas de la regarder, de la prendre dans ses mains et de l'effriter. Il en aimait l'odeur âcre.

Jadis, hier encore, lorsqu'il tenait à deux mains la charrue et qu'il enfonçait le soc pour tracer des sillons rectilignes, il éprouvait une jouissance physique qui le faisait parfois trembler de bonheur.

Il ne connaissait plus ce bonheur, comme il ne connaissait plus la douceur de la peau féminine dans la tiédeur du lit.

La vieillesse est déjà une sacrée vacherie. Le veuvage, en plus, apparaît comme une malédiction.

Le vieux Gustave habitait toujours sa ferme, y retrouvait ses six vaches, son âne, ses chèvres, son chien, mais depuis qu'il était vieux et veuf, depuis que son fils aîné conduisait le travail, depuis que sa bru accaparait la cuisine, il avait toujours l'impression d'être de trop.

Pourtant, ni le fils ni la bru ne lui manifestaient aucune hostilité. Bien au contraire. Ils étaient avec lui d'une grande prévenance. Un peu trop, peut-être. Cette attention lui rappelait sans cesse son grand âge. Ils l'empêchaient de se livrer à de trop durs travaux, le cantonnant aux soins à donner au potager et au poulailler.

Le vieux Gustave s'en offusquait. On dirait, se disait-il, qu'ils ont peur que je me casse.

Mais lui-même, il est vrai, avait peur de se casser, de se casser un membre et de devenir impotent.

Parmi les malédictions de la vieillesse, il y a en effet la peur, la peur de tout et de rien. Lui qui, toute sa vie de travailleur, n'avait jamais connu la peur, trop occupé à agrandir le petit domaine qu'il avait reçu en héritage. Cinq hectares de terre, alors, ce n'était pas rien. Mais pour arriver à arrondir ces prés et ces champs aux huit hectares qu'exploitait aujourd'hui son fils, il lui avait fallu trimer dur et ne craindre ni les orages, ni la grêle, ni la sécheresse, ni rien de tous ces inattendus qui guettent le paysan.

Il en avait connu des déboires, des échecs. La grange qui prend feu, les vaches qui dépérissent, le blé qui germe dans un mois de juillet trop pluvieux, et puis la femme qui meurt et le plus jeune fils qui s'en va.

Malgré tout, il était resté aussi vif, aussi entreprenant, jusqu'à ce qu'arrivent ces quatre-vingts ans qui l'avaient sonné.

Celui, ceux, qui avaient édifié les premiers murs de la ferme, dans les temps anciens, qui avaient posé les poutres et les solives de la charpente, recouvert les toits de tuiles romaines, défriché les alentours, creusé le puits, maçonné le four, n'aimaient pas qu'on les surprenne. Ils aimaient voir au loin.

La ferme coiffait une petite colline. Dans la vallée, à l'est, le premier village n'était qu'à une heure de marche.

Gustave y allait rarement, laissant à sa femme, puis à sa bru, la charge de la vente des œufs, du beurre et de la volaille.

Toute sa vie, ses itinéraires avaient été tracés par l'emplacement des champs qu'il cultivait et des prairies où il menait ses vaches. Pendant longtemps, il remit ses pas dans les mêmes chemins, s'arrêtant brusquement lorsqu'il butait sur les terres des voisins. Son petit domaine était tout son univers, son monde, son seul monde.

Le fils aîné, lorsqu'il descendait de la colline pour se rendre à une foire ou à un marché, rapportait parfois un journal qu'il dépliait lentement, allant aux nouvelles avec appréhension et défiance. Le vieux Gustave le regardait avec ironie. Le fils perdait son temps avec ces paperasses dont on savait bien qu'elles regorgeaient de mensonges. Il demandait parfois, quand même, si on y donnait des nouvelles du petit.

Il voulait parler de son plus jeune fils, Ernest, parti depuis si longtemps aux colonies.

Le fils aîné grommelait que le journal n'avait rien à faire avec leurs histoires de famille.

– Alors, disait Gustave, à quoi ça te sert de te fatiguer les yeux pour des histoires qui ne nous concernent pas ?

– Un jour ou l'autre, père, ça nous tombe dessus. Faut bien savoir ce qu'ils manigancent là-bas, la guerre, les impôts, le prix du blé.

– Bah ! C'est pas toi qui les empêcheras de faire la guerre, si ça les arrange.

Puis, après un long silence :

– Et le petit, lui, est-ce qu'il la fait, la guerre, aux colonies ?

– A quoi ça sert, un soldat, si ce n'est pour la guerre ?

– Tu sais qu'il ne pouvait pas rester à la ferme. Elle est trop chétive pour vous deux.

– Mes enfants ne pouvaient pas non plus

rester à la ferme. Ils se sont gagés. Le garçon, valet, et les filles chambrières, sont toujours des paysans.

Il y avait une animosité chez le fils aîné pour son cadet. D'ailleurs, si Ernest était parti, sur un coup de tête, c'est parce qu'ils se disputaient trop. Le cadet ne ressemblait ni à son père ni à l'aîné. A tel point que, pour le vieux Gustave, il demeurait une énigme.

Le village, tout en bas de la colline, l'attirait plus que la charrue. Il y descendait en courant dès qu'il pouvait s'échapper. Oui, échapper est le mot. Il rejoignait au village de mauvais bougres, courait les filles, revenait à l'aube dans un triste état.

Le vieux Gustave se demandait quel péché il avait pu commettre, pour que le bon Dieu lui refile un tel garnement.

Depuis qu'Ernest était parti, la ferme avait trouvé son calme. Alfred, le fils aîné, ressemblait trait pour trait à son père. Tous les deux de moyenne stature, plutôt maigres, tout en muscles, le visage bruni par le grand air, les cheveux noirs, les yeux petits, mais brillants. Peu loquaces, restant des heures à travailler ensemble dans un champ sans se dire un mot. Ils ne se parlaient guère mais se comprenaient parfaitement.

Maintenant que sa terre pouvait se passer de lui, le vieux Gustave se hasardait parfois à sortir de son domaine. Il descendait par les sentiers bordés d'aubépines et d'ajoncs, jusqu'au chemin creux défoncé par les roues des charrettes et le piétinement des vaches. De là, il voyait très nettement les maisons du village, mais rebroussait vite chemin. C'est là-haut, autour de la ferme, qu'il se sentait à l'aise. Il regardait les champs, la pousse des plantes. Ne s'en lassait pas.

Un jour, fatigué après une trop longue marche pour son âge, il s'affala près d'un buisson et se laissa aller à s'allonger sur le dos, recevant en plein visage la crudité du ciel. Si cru qu'il fut un peu aveuglé et ferma les yeux.

Un bien-être extraordinaire l'envahit. Il lui sembla que la terre, sur laquelle il était couché, le pénétrait dans tous ses membres, qu'il devenait une pousse de cette terre, comme un arbre, vivifié d'une sève qui montait des profondeurs du sol.

Puis il perçut le chant des oiseaux, ces chants si différents, des plus aigus aux plus tendres ; le froissement des feuillages, le crissement des insectes, toute cette symphonie de la nature qu'il n'avait jamais écoutée, ne s'étant pas arrêté pour l'écouter.

Comment imaginer qu'à ras du sol, une telle vie puisse se manifester avec une telle ampleur. Lui qui avait tant fouillé la terre, l'avait tant éventrée, ratissée, mordue avec des griffes de fer, jamais il ne l'avait entendue se plaindre. Jamais, non plus, il ne l'avait entendue chanter.

Cet écho qu'il recevait de la terre, et des buissons, et des herbes, le bouleversait. En même temps, il avait un peu honte de ce bonheur. Il se releva très vite. Mais, debout, le silence revint.

De retour à la ferme, il entendit les bruits habituels : le beuglement des vaches, le pépiement des poules, le tintement des seaux de fer, le claquement des sabots. Avait-il rêvé, étendu sur le sol ? Ou bien était-ce la rumeur de l'au-delà qui était venue jusqu'à lui ?

Il saisit une fourche dans un appentis et alla désherber le potager. Avoir cet outil en main le rassurait. Il effritait les mottes de terre, arrachait les liserons, aérait les pieds des légumes. Soudain, il n'avait plus d'âge. Le manche de la fourche, poli par l'usage, lui paraissait léger. Il retrouvait le goût de son travail ancestral et la manière.

Au village, les vieux avaient soixante ans, les très vieux soixante-dix. Seul octogénaire, le père Gustave amusait la galerie. On lui disait qu'il avait oublié de mourir et que maintenant, son temps passé, il resterait ainsi planté dans le sol pour toujours, comme ces vieux chênes qu'on ne voit jamais dépérir. Ces plaisanteries l'agaçaient. Ils avaient beau dire, lui se savait usé. Il lui arrivait de trébucher, distinguant mal les bosses de la chaussée. Il s'embrouillait dans les parentés, confondant les âges, croyant reconnaître une vieille connaissance alors que celle-ci répliquait, amusée : « Mais non, je suis sa fille. »

Confus, il remontait à la ferme, mécontent de son déplacement, se disant qu'il n'irait plus.

Là-haut, c'était le bonheur au jour le jour, la quiétude dans une relative pauvreté qui n'était pas pesante puisque son fils et sa bru, comme lui-même, ne connaissaient rien d'autre. La vraie pauvreté, ils la percevaient au village. Les plus pauvres qu'eux y étaient nombreux et ils n'ignoraient pas qu'il existait ailleurs de plus pauvres que les plus pauvres.

L'aisance, c'étaient les mottes de beurre façonnées avec grand soin dans la laiterie. Le beurre qui ne manquait jamais pour embeurrer les choux, et que l'on vendait à la livre, bien moulé dans un cadre de bois ruisselant d'eau fraîche et orné d'une figurine.

L'aisance, c'étaient les quelques cochons dans la porcherie et ces jambons suspendus à la poutre de la cuisine, soigneusement enveloppés d'un torchon à gros carreaux.

L'aisance, c'étaient les fromages frais, donnés par le lait des chèvres, la viande de la basse-cour, les légumes du jardin, les fruits du verger.

Gustave savait bien que cette aisance était le résultat d'un travail incessant. Le moindre relâchement et l'équilibre s'effondre. Les mauvaises herbes partent vite à l'assaut des bonnes. L'anémie guette le bétail et la pépie les volailles.

La Ferme d'en haut

La ferme est cernée par des esprits malins qu'il faut sans cesse conjurer.

Aussi vieux qu'il était, Gustave ne se lassait pas de cette lutte. Son fils et lui n'avaient pas à se concerter pour résister aux assauts des malfaisances. Ils se tenaient toujours prêts.

2

Suivant le méandre des sentiers...

Suivant le méandre des sentiers, le petit homme montait vers la ferme du père Gustave. Il était coiffé d'un képi, vêtu d'un uniforme bleu, de gros souliers cloutés aux pieds. Il portait en bandoulière une sacoche bien remplie qu'il réajustait de temps en temps d'un coup d'épaule, en grommelant.

En voilà des manières, ronchonnait-il, que d'habiter si haut et de recevoir des lettres. Il faut dire que, jamais, il ne montait de courrier dans cette ferme. Il ne manquerait plus que ça ! De quoi prolonger sa tournée d'une bonne heure ! De temps en temps il s'arrêtait, sortait l'enveloppe de la sacoche et, méfiant, en regardait l'intitulé. Mais oui, aucun doute, la lettre était pour ceux de là-haut.

Il pressait le pas, pestait contre ce sentier mal entretenu qui lui fatiguait les jambes.

Dans la cour de la ferme, le vieux Gustave, qui le voyait venir, l'attendait, inquiet.

Ces nouvelles, qui arrivent d'on ne sait où, sont rarement bonnes. De quoi avait-on été coupable ? Quelle dette à l'administration ? Quelle erreur ? Quelle injustice ?

A l'air que prenait le facteur en brandissant la lettre on voyait que cette affaire n'apportait rien de bon.

Le père Gustave invita le facteur à venir boire un verre dans la cuisine, appela sa bru et lui tendit le courrier.

Après avoir servi le facteur qui s'était assis sur un banc en exagérant sa lassitude, elle ouvrit l'enveloppe lentement, comme si elle craignait qu'il en sorte une mauvaise bête.

Elle lut d'abord, à voix basse, en remuant les lèvres, lut de nouveau et s'écria.

– C'est votre Ernest qui revient de la colonie. Il a fini son temps. Il dit qu'il vous embrasse bien.

– Ah ! l'Ernest, dit le facteur qui se relevait en tendant son verre, ça lui fait quel âge, maintenant ? Peut-être qu'il va toucher sa retraite ! Une pension de colonial, ça va chercher combien ? Le voilà tiré d'affaire. Allez, encore un petit verre pour m'aider à descendre le raidillon.

Le facteur parti, Gustave et sa belle-fille restèrent un moment silencieux. Cette dernière gardait la lettre à la main, comme interdite par ce message.

– Qu'est-ce qu'il dit vraiment, l'Ernest ? demanda le vieux Gustave.

Elle relut le bref message.

– Ben oui, quoi, il dit qu'il revient, qu'il a gagné ses galons de sergent et que, de la colonie, il en a sa claque.

Le vieux Gustave avait du mal à avaler l'énormité de la nouvelle. Il était heureux que le petit revienne, en même temps celui-ci ne disait rien de ses projets. Sergent, de retour des colonies, ce n'était pas rien. Sa pension allait lui permettre de se la couler douce. Mais où comptait-il s'établir ? Resterait-il au pays ? Il y trouverait facilement une épouse. C'était un bon parti.

Il s'en alla dans les champs, à la recherche

d'Alfred. On entendait de loin la herse qui griffait le sol. Alfred y avait attelé deux de ses vaches et il les excitait par de petits cris.

Ça les fatigue, se disait le vieux Gustave. Elles donneront moins de lait. Il aurait fallu pouvoir acheter des bœufs. Ou un cheval. Mais c'était hors de leurs moyens.

– C'est l'Ernest qui revient, cria le vieux.

De stupéfaction, Alfred arrêta l'attelage.

– Ernest est revenu ?

– Non, il écrit qu'il revient. Il est sergent, maintenant. C'est fini, pour lui, la colonie.

Il disait sergent avec un évident plaisir et même de la fierté. Il lui sembla qu'Alfred ne partageait pas son enthousiasme.

Piquant les vaches de son long aiguillon, il remit en marche la herse.

– Tu ne dis rien.

– Que voulez-vous que je dise.

Depuis qu'il s'était allongé sur le sol et qu'il avait entendu le chant de la terre, le vieux Gustave n'était plus le même. Il n'osait recommencer, tellement cet abandon, dû à trop de lassitude, lui paraissait une extravagance. Mais il écoutait maintenant le chant des oiseaux, cherchait à démêler ce qui revenait aux mésanges, aux bouvreuils, aux pinsons, à tous ces petits êtres qui battaient des ailes en sortant des buissons. Il s'étonnait de l'indifférence qu'il leur avait manifestée. Indifférence ou hostilité. Car l'oiseau volait les graines qui lui donnaient tant de mal à récolter.

Avant, du temps qu'il était jeune, il ne s'arrêtait jamais, sinon pour dormir. Un sommeil lourd, sans rêves. La pause de la vieillesse lui faisait découvrir l'envers de son monde. Même ces fleurs des champs, qu'il avait toujours considérées comme de mauvaises herbes, des ennemies du blé, il les regardait d'une autre manière. Ces bleuets, ces coquelicots, lui faisaient signe, des sortes de signes de connivence. Ils faisaient partie, eux aussi, du chant de la terre.

Il n'avait évidemment pas avoué à Alfred cette curieuse sensation éprouvée en s'allongeant sur le sol. De ce délassement, il avait un peu honte.

Il repensa vingt fois dans la journée à cette lettre insolite. Que voulait dire Ernest ? Il revenait, mais où ? Il y a si longtemps qu'il était parti, vers ses douze ou treize ans. Gagé chez un gros fermier de la plaine qui avait besoin d'un gosse pour garder les troupeaux. Puis il était devenu valet. Il retournait parfois à la ferme, à la Saint-Jean ou à la Saint-Michel, au moment où s'ouvraient les grandes foires aux domestiques. Il ne tenait pas en place et, entre deux embauches, venait embrasser sa mère. Au père Gustave il faisait plutôt la gueule. Et encore plus à son frère aîné. Il passait son temps à critiquer leur manière de travailler. Il affirmait que chez ses patrons c'était beaucoup mieux, qu'avec leurs façons ils resteraient toujours des bouseux. On était contents de ses visites puis, très vite, il agaçait. Il repartait furieux.

Vers ses dix-huit ans il apparut un matin, goguenard, disant qu'il partait à Rochefort pour s'engager dans la coloniale, qu'il allait voir du pays, d'autres pays, qu'il en avait marre de tourner en rond autour de leurs champs de choux.

On ne l'avait plus jamais revu.

La mère en pleurnichait parfois. On évitait de parler d'Ernest. On y pensait quand même. On se disait qu'un jour il reviendrait, avec des galons sur ses manches, que peut-être il se serait calmé.

Le père Gustave demanda à sa bru de relire encore la lettre. Elle était si courte et si imprécise. Qu'il revienne, c'était évident, mais quand et où ? Cette imprécision tourmentait le vieil homme.

Il siffla le chien et ils partirent tous les deux entre les halliers. Il appréciait la compagnie du chien à qui il aimait parler. Et le chien aimait ces soliloques qu'il écoutait en frétillant du museau. Il y avait bien sûr, entre eux, de grands silences. Parfois toutes les rumeurs de la terre s'en allaient. Le vieux Gustave s'arrêtait, interloqué, interrogeait du regard le chien qui croyait bien faire de s'asseoir sur son derrière. Il y avait ainsi des moments de si grand silence que Gustave pensait qu'il devenait sourd. Il touchait du pied le chien qui, surpris, poussait un petit cri. Gustave, rassuré, attendait que les rumeurs de la terre et du ciel reviennent.

Pour qu'il puisse vraiment entendre le chant de la terre, il aurait fallu qu'il s'allonge sur le sol et se mette à l'écoute. Il n'osait pas.

Sans la présence du chien, peut-être aurait-il osé. Ce vieux compagnon de la ferme, qui le regardait toujours avec des yeux si interrogateurs, qu'aurait-il pensé à le voir étendu, comme mort ? Il se serait mis à hurler, lui aurait léché le visage. Il n'aurait rien compris. D'autant plus qu'il n'y avait rien à comprendre.

En réalité, le père Gustave, qui se morfondait de son inaction, s'occupait beaucoup. Il sarclait, bêchait le jardin aux légumes, arrachait les carottes et les pommes de terre, coupait les salades et les choux, rangeait les graines, arrosait par temps sec. Il donnait à manger aux poules et récupérait les œufs. Il sortait les chèvres et les emmenait sur les terres incultes où elles batifolaient entre les ronces.

Le soir, il avait si mal au dos qu'il se tenait

courbé, comme si cette terre qu'il avait toute sa vie si violentée se vengeait en l'obligeant à la regarder de si près, de si près qu'il butait et menaçait de tomber. Ah ! elle se vengeait la terre, elle lui rappelait que bientôt il ne lui échapperait pas et que, lors d'un ultime trébuchement, elle l'engloutirait.

On arrivait à la mi-juillet. Il faisait très chaud. Ce qui était bon pour la moisson, mais mauvais pour les légumes. L'eau du puits baissait désagréablement. Il fallait descendre le seau en fer, au bout de la corde, jusqu'à ne plus le voir. Il n'était pas question d'arroser le jardin, l'eau puisée suffisant à peine à calmer la soif des bêtes à l'abreuvoir.

Alfred commença à couper le blé, le lia en gerbes et dans l'étroite et longue charrette à ridelles, tirée par deux vaches attelées au joug, comme des bœufs, l'amena dans la cour pour qu'il soit battu au fléau.

La récolte était trop maigre pour qu'on puisse la conduire aux batteuses qui faisaient le tour des villages. Ces énormes machines à vapeur, qui ressemblaient à des locomotives, étaient mues par des hommes étranges, vêtus de bleus comme les mécaniciens des chemins de fer. On était bien loin, avec eux, des habitudes pastorales encore en vigueur dans la ferme du haut de la colline.

Si haut perchée, elle se tenait à l'abri du monde, n'en recevait que des échos lointains. Les bruits et les fureurs de la ville arrivaient déjà amoindris au village. Ils s'évanouissaient aux premières montées du coteau.

On avait toujours battu le blé au fléau dans cette borderie isolée. On continuait. Les gerbes versées dans la cour étaient piétinées. On y lançait l'âne, tractant un rouleau de bois. Puis Alfred et sa femme saisissaient les fléaux et battaient les épis.

Gustave avait dû abandonner cette pratique, ses reins ne supportant plus une besogne aussi violente. Il en était furieux et amer. Ne se contentait pas de regarder, ce qui lui faisait honte. On ne devrait pas avoir honte de son âge. Dans certains milieux sociaux, l'âge est au contraire considéré comme un honneur. Le vieillard peut ne rien faire, ne doit rien faire, sinon diffuser sa sagesse. Mais chez les travailleurs manuels, la perte de la force, l'atrophie des muscles, sont vécues comme une amputation. Le vieux Gustave, de rage, tapait du pied, avec ses sabots, sur les gerbes déliées.

Comme on était en plein travail, enveloppés du nuage de poussière de la balle, assourdis par les coups de fléau des deux batteurs, on n'entendit pas la charrette gravir la colline. Lorsqu'elle déboula à l'entrée de la ferme, la stupéfaction fut telle qu'un grand silence figea sur place les fermiers. L'âne lui-même, à la vue du cheval qui tirait l'attelage, se mit à braire effroyablement.

Le voiturier sauta du véhicule et l'on vit dernière lui un militaire, en tenue, qui agitait son képi.

– Alors quoi, s'écria-t-il, on ne reconnaît plus la famille !

Il s'élança vers le père Gustave, hilare, et l'embrassa sur les deux joues.

– Alors, c'est l'Ernest qui est revenu, balbutia le vieil homme.

Ernest s'avança vers son frère, lui serra la

main, fit la bise à la belle-sœur et cria en direction de la charrette :

– Allons, descends, Aïcha, montre ta figure !

Ils auraient vu apparaître le diable en personne qu'ils n'auraient pas été plus ébahis. Descendit de la charrette une négresse vêtue d'un boubou rouge et bleu. Elle alla vers ces inconnus immobiles, sans timidité. Elle en avait déjà tant vu, depuis qu'elle avait quitté la brousse. Et d'ailleurs, là, est-ce que ce n'était pas aussi la brousse ! Ces paysans ressemblaient vraiment à des sauvages. Les Blancs devaient eux aussi avoir leurs sauvages. Depuis qu'elle avait quitté l'Afrique elle ne s'étonnait plus de rien.

– Voilà, dit Ernest, je me suis marié à la colonie.

Le vieux Gustave le prit à part et lui souffla dans l'oreille :

– Je ne dis pas, mais elle est trop nouère.

– Trop noire ou pas, faudra vous y faire, le père. C'est votre bru, maintenant.

Gustave ronchonna :

– J'te dis qu'elle est trop nouère !

3

Gustave, Alfred et la bru n'en avaient pas fini avec les surprises

Gustave, Alfred et la bru n'en avaient pas fini avec les surprises. La plus grosse fut de voir le voiturier descendre de grosses malles d'osier de la voiture et de s'en retourner après avoir salué la compagnie.

Ernest, dans son costume bleu marine de la coloniale, le képi un peu de travers, une cigarette au bec, restait là les bras ballants. Aïcha, placide, s'était assise sur un billot de bois. Les fermiers la regardaient, effarés par ses formes volumineuses. Eux, si secs, si brûlés par l'air et le soleil, n'en revenaient pas de cet étalage de graisse. Non seulement elle était noire, ce qui était déjà invraisemblable, mais en plus elle était énorme.

Puisque la charrette était repartie, que les bagages restaient dans la cour, que Ernest et

Aïcha attendaient on ne sait quoi, il fallut se faire une raison. Ernest avait écrit qu'il revenait, eh bien il était là.

– On est contents de te revoir, dit le vieux Gustave. Tu es revenu, on en est fort aise. Mais il n'y a pas de place pour vous à la ferme.

– Comment ça, dit Ernest qui faisait l'étonné. Vous m'avez foutu dehors quand j'étais môme. Je suis toujours quand même le fils de la maison, non ? J'ai droit à ma part. N'est-ce pas, Alfred ?

Alfred, maussade, ne répondit pas. Sa femme se mit à pousser des cris de poule effrayée et s'enfuit en pleurant dans la cuisine.

– Ça ne va pas dans sa tête, dit Ernest. Regardez Aïcha, est-ce qu'elle chiale ? Pourtant vous devriez lui faire peur, avec vos têtes d'épouvantails.

– C'est que, dit Gustave, la maison est bien petite. Tu ne t'en souviens plus. Les bêtes et nous, on s'est casés comme on a pu entre ces murs.

Il ne dit pas : « Dans une maison si petite, amener une femme aussi grosse... » Il le pensa très fort et n'ajouta pas non plus : « si grosse et si noire ».

Ernest eut un geste désinvolte.

– On en a vu d'autres ! Si vous croyez qu'à la colonie tout était rose ! Aïcha fait son nid aussi bien sous une tente que dans une paillote ou dans une case de boue séchée. Et moi je m'adapte à tout. Oui, à tout.

– Tu as écrit que tu revenais, dit Alfred. On a compris que tu revenais au pays. Tu aurais dû t'expliquer. On aurait essayé de te faire une place.

– Bah ! Je me la ferai, ma place. Vous vous pousserez un peu, voilà tout.

Ernest s'avança vers les bâtiments. La porte d'entrée donnait dans la grande pièce qui servait de cuisine, de salle à manger et aussi de chambre. Une large table en bois pour les repas, flanquée de bancs. Une armoire, un coffre et, tout au fond, deux lits clos avec de longs rideaux qui, jadis, avaient dû être verts.

Ernest inspectait les lieux, se souvenant vaguement du temps où il logeait là. C'était si loin. Coucher quelque part n'avait jamais été un problème. Il avait bien fallu qu'il s'y fasse dès le moment où le père l'avait gagé. En ce temps-là il n'existait pas de chambre pour les domestiques. Les valets dormaient le plus souvent au-dessus de l'écurie, ce qui donnait l'avantage, l'hiver, d'être chauffés par la chaleur des bêtes. Ernest se souvenait d'avoir dormi sous des escaliers, dans des granges et, plus tard, plus inconfortablement, dans les cales des bateaux, dans des bivouacs où les moustiques vous faisaient perdre l'envie du sommeil, dans des tranchées pleines de boue et d'excréments, dans des chambrées de caserne puantes, dans la boue des marécages.

– Puisqu'il y a deux lits, dit-il, Alfred gardera le sien et je prendrai l'autre.

Le vieux Gustave, qui l'avait suivi, protesta :

– Et moi, où me mets-tu ?

– On vous fera un coin dans la grange. Vous y serez aussi bien qu'un roi dans un tonneau de vin.

La femme d'Alfred, qui était restée tapie près de ses fourneaux, se mit à hurler :

– Pourquoi vous n'y allez pas, vous, dans la grange ? Vous n'installerez quand même pas ici ce potiron noir. Moi je ne pourrai jamais dormir. J'aurai trop peur.

– Eh bien ne dormez pas, dit Ernest. Mais cessez de brailler comme une truie ! Qu'en dites-vous, le père ? Faut bien s'arranger.

Le vieux Gustave, effaré, suivait Ernest, essayait de comprendre. Le tonnerre était soudain tombé sur la ferme. Il tenta de reprendre raison :

– Enfin, Ernest, puisque tu es gradé, que tu as une pension, tu pourrais t'installer ailleurs, chez toi. Que ferais-tu, ici ?

– Je vous donnerai un coup de main. Tenez, vous étiez en train de battre le blé. C'est plus de votre âge, père. Aïcha et moi on va en mettre un coup.

Sorti dans la cour, il appela Aïcha, saisit un fléau et frappa les gerbes à tour de bras.

Aïcha s'élança, étonnamment svelte malgré sa lourde taille, et piétina les épis avec entrain.

Alfred n'en revenait pas de cette aide imprévue et si efficace.

Comme sa femme ne cessait de geindre,

répétant qu'elle ne voudrait jamais dormir dans la même chambre que... il la fit taire.

– Va faire la soupe et laisse-nous travailler.

Après avoir été quelque peu choqué d'être relégué dans la grange, le père Gustave finit par y trouver quelque agrément. Ernest lui avait aménagé un coin, avec une paillasse. Il y était finalement tranquille, plus que dans la salle commune où la bru toussait exagérément. Et puis il y avait cette odeur de foin, un peu entêtante, qui lui rappelait ses jeunes années où il coupait à la faux l'herbe tendre au pied de la colline.

Le chien l'avait suivi et dormait à ses pieds. Lorsqu'il se tournait et se retournait pour essayer de rattraper le sommeil qui fuyait, il voyait les gros yeux du chien qui s'allumaient.

Il se réveilla complètement aux premières lueurs de l'aube, sortit précipitamment pour pisser dans un coin et alla se planter au milieu de l'aire. Les grains avaient été enfouis dans des sacs de grosse toile et s'entassaient sous un auvent. Il restait sur le sol des fétus de paille mêlés à la balle. Gustave les poussa du bout de ses sabots, y retrouva des grains, pesta contre ses fils qui laissaient se perdre du blé.

Il aimait se trouver seul à l'orée du jour, en haut de cette colline où sa vie s'était écoulée. Le silence était total, presque pesant et soudain le chant des oiseaux éclatait, immense, éclatait, comme si tous les arbres, tous les buissons, se donnaient le la.

Cette simultanéité avait quelque chose d'étrange. Aussi habitué qu'était le vieux Gustave, cette heure bleue de l'aube, saluée par un aussi puissant concert d'oiseaux, l'étonnait à chaque fois. L'étonnait d'autant plus que, après cet hymne à la joie, les oiseaux se taisaient brusquement. Si brusquement que le chien, effrayé, se mettait à hurler.

Alfred, le premier, sortit de la ferme en boutonnant son pantalon.

– Alors, le père, dit-il, pas trop mal dormi ? Quelle pitié de vous voir dans la grange, à votre âge.

Le vieux Gustave ne répondit rien, bien convaincu que s'il avait été relégué dans la grange, c'était justement à cause de son grand âge. Il repoussa du sabot les brins de paille et grommela :

– Vous perdez du blé. Regardez-moi ça. Quel gâchis !

Alfred regarda, se dit que les poules en feraient leur bonheur et nettoieraient le sol. Les œufs n'en seraient que meilleurs. Il savait qu'il valait mieux ne pas répliquer.

Ernest et sa femme se levèrent si tard que, le premier matin, on crut qu'ils étaient malades, ou morts, sait-on jamais. La femme d'Alfred, qui s'appelait Emilie, entrechoquait le plus bruyamment possible ses casseroles, ronchonnait, mais rien n'y faisait. Dans leur lit clos, les nouveaux venus rechignaient à se réveiller.

Ils apparurent seulement au milieu de la matinée et se produisit alors un phénomène extraordinaire. Du jamais vu. Ernest s'en alla vers le puits, tout nu, et se versa un seau d'eau fraîche sur le corps. Il s'aspergeait, se donnait des claques. Le premier matin, toute la maisonnée resta à regarder ce spectacle invraisemblable, figée de stupeur. L'eau giclait sur la musculature d'Ernest. Ils ne savaient pas ce qui les surprenait le plus, ce corps dénudé ou la manière qu'il avait de se laver.

Emilie, la première, rompit le silence, s'exclamant que tout ça c'étaient des horreurs et que l'on allait voir encore plus beau quand la négresse s'y mettrait.

Aïcha apparut, drapée dans son boubou, emplit un seau d'eau et disparut derrière la ferme. Non seulement elle était noire, non seulement elle était grosse, mais en plus elle avait de la pudeur. Or la pudeur d'Aïcha et l'impudeur d'Ernest paraissaient aussi extravagantes.

La toilette d'Ernest et d'Aïcha perturba complètement la matinée. De si solides habitudes se trouvaient soudain ébranlées. Le vieux Gustave restait les bras ballants, petonnant sur place, suivi par le chien qui jappait misérablement.

Alfred fut le premier à se remettre, retournant ramasser d'autres gerbes de blé. Quand il revint, Ernest et Aïcha l'attendaient, prêts pour le dépiquage.

Aïcha ne s'étonnait de rien, sauf des vaches et des cochons. Pas des chèvres, elle en avait beaucoup vu. Des vaches aussi, sans doute, ou du moins des bêtes à cornes du même genre. Mais les vaches de la ferme n'étaient pas maigres et leurs mamelles volumineuses la laissaient perplexe. Comparait-elle avec les siennes ou était-ce cette prodigalité de lait tiré par Emilie qui la stupéfiait ? Elle voulut, elle aussi, traire les vaches. Emilie l'en empêcha brutalement, disant qu'elle allait les tarir ou peut-être même les faire vêler. Elle lui interdit de s'approcher de l'étable. Un malheur est si vite arrivé !

Parfois, à la veillée, Ernest racontait la colonie. La chaleur, les moustiques, les animaux sauvages et toute cette population noire qu'il fallait régenter.

– Pourquoi qu'elle ne parle pas ? demandait le père Gustave.

Il ne prononçait pas le nom d'Aïcha qui lui paraissait trop difficile et surtout invraisemblable et ne disait pas « ta femme » tellement il ne croyait pas à ce ménage.

– Pourquoi qu'elle ne parle pas ? Elle ne comprend pas le français ?

– Mais si, mais si, un jour elle parlera tellement que vous en serez tout ébaubis. Pour l'instant elle réfléchit à tout ce nouveau qu'elle découvre. Rien ne l'étonne vraiment. Le bateau, le train, tout ça ne lui a fait ni chaud ni froid. Dans le train, elle regardait par la portière et ne s'exclamait que lorsqu'elle apercevait des troupeaux de vaches. Là, elle ne se tenait plus. Elle gueulait : « De la viande ! De la viande ! » Toute cette viande dans les prairies, paisible comme Baptiste, ça la faisait jubiler. De la viande qui ne paraissait craindre ni les lions ni les brigands et qui, béate, regardait passer les trains.

» Aïcha n'a été étonnée que par cette profusion de viande sur pied et aussi de ce que les Français soient tous blancs. Elle croyait qu'il n'y avait que les soldats et les colons qui étaient blancs. C'est pour ça qu'elle ne parle pas. Elle réfléchit.

Après un long silence, où l'on entendait que le crissement aigu des criquets, le vieux Gustave ne put s'empêcher de dire :

– C'est pas Dieu possible. Aussi nouère que ça, ça ne s'est jamais vu !

Le père Gustave n'était pas au bout de ses étonnements. Cette installation inopinée d'Ernest et de sa négresse, leur entrain au travail, le mutisme de l'une et la bonne humeur de l'autre, n'étaient rien comparé à leur frénésie de nettoyage corporel. Pourquoi diable Ernest se lavait-il ainsi à grande eau ? Qu'il l'eût fait le premier jour, pour se décrasser de la colonie, passe encore, mais qu'il recommence avec une telle ardeur chaque matin dépassait l'imagination.

On s'aspergeait un peu le visage à l'abreuvoir, pour se réveiller, on se récurait les mains avant de passer à table, et c'était tout. On avait l'habitude de se méfier de l'eau qui, trop froide au sortir du puits, donnait des coliques.

La femme d'Alfred disait perfidement d'Aïcha qu'il fallait bien qu'elle nettoie son chaudron.

Bref, l'installation des nouveaux venus, aussi étrange qu'elle fût, perturbait moins la vie quotidienne qu'on eût pu le craindre. Ni Ernest ni Aïcha ne rechignaient à l'ouvrage. Et même s'ils se levaient tard, ils savaient rattraper le temps perdu.

Le battage du blé se fit finalement plus aisément que d'habitude. Alfred put, sans tarder, atteler deux vaches à la herse émotteuse et se consacrer au déchaumage.

On confia à Aïcha le soin de s'occuper des chèvres. Elle eût préféré la compagnie des vaches, plus nouvelle, mais c'était une bonne grosse, qui ne se plaignait jamais. Elle ne disait toujours rien, cependant ses yeux noirs, si brillants dans ce visage sombre, donnaient à penser qu'elle comprenait tout.

La première fois qu'elle s'en alla de la ferme avec les chèvres, Emilie se mit à piailler qu'on ne la reverrait plus, ce dont elle se fût aisément consolée, mais qu'on ne reverrait pas non plus les chèvres.

Ernest s'emporta un peu :

– Allez-vous vous taire ! Que voulez-vous qu'elle en fasse, de vos chèvres ! Elle ne va pas les bouffer. Dans sa famille on ne boulottait que les missionnaires.

Et comme Emilie n'arrêtait pas de geindre, il ajouta :

– Peut-être bien, quand même, qu'elle va leur faire tourner le lait. Du lait noir, vous n'avez jamais vu ça !

Emilie, qui le croyait, se tordait les mains, pleurnichait, se couvrait le visage de son tablier pour ne plus entendre de telles horreurs.

Le fait est qu'à l'heure du souper Aïcha n'était pas là.

Emilie jubilait. Gustave et Alfred, silencieux, regardaient Ernest avec des yeux de rat mort.

– Bon, vous en faites pas, je vais la chercher, dit Ernest.

Le matin, il n'était pas de retour.

– Sûr qu'elle a mangé les chèvres, dit Emilie. Et peut-être que, dans la nuit, elle a aussi dévoré l'Ernest. Il paraît que ces gens-là sont cannibales.

Cette apparente bonne entente avec les nouveaux venus, masquait une tragédie sous-jacente. Disparus dans l'obscurité de la nuit, que pouvait-il bien leur être arrivé ?

Le vieux Gustave en venait à penser que tout cela n'avait été qu'un mauvais rêve. L'Ernest n'était pas parti puisqu'il n'était pas revenu. Restait la disparition des chèvres, étrange. Elles avaient, il est vrai, une propension à des fugues. Quand il allait les promener dans les sentiers d'épineux, il avait parfois beaucoup de mal à les rattraper derrière les buissons.

Deux jours plus tard réapparurent, comme si de rien n'était, Ernest, sa femme et les chèvres. Toutes les chèvres.

Ernest raconta que la chèvre maîtresse avait pris peur en découvrant le visage insolite de leur gardienne. Elle avait dévalé la colline, entraînant ses compagnes, Aïcha à leurs trousses. Lorsqu'elles étaient arrivées au village et que l'on avait vu cet être étrange, tout noir et attifé comme une bohémienne, qui courait après les bêtes, on s'était barricadé dans les maisons. Aïcha et ses chèvres traversèrent ainsi en trombe plusieurs patelins, créant à chaque fois la panique.

Ernest, courant toujours derrière, réussit d'éviter que la maréchaussée ne lance une offensive contre la sorcière et son bouc. Il n'y avait pas de bouc, mais sans bouc il n'y a pas de sorcière.

De son équipée, Aïcha ne manifestait aucune confusion. La cavalcade avec les chèvres semblait au contraire la réjouir. Si bien qu'elle se mit à parler.

Dès les premiers mots qu'elle prononça ce fut l'étonnement, puis la stupéfaction. On la comprit mal d'abord, parce qu'elle ne parlait pas patois, puis l'on s'aperçut qu'elle conversait comme une dame. Des dames de la ville, on n'en voyait pas souvent, mais parfois, au village, il en arrivait une et l'on s'approchait pour écouter son curieux charabia. Cet accent pointu, ces mots secs, et toutes ces tournures que l'on n'employait jamais, Aïcha les utilisait.

Non seulement elle était noire, non seulement elle était grosse, non seulement elle perdait les chèvres, mais elle causait comme une Parisienne.

– Elle ne va quand même pas baragouiner le bamboula, protesta Ernest. A la colonie, les indigènes qui nous causent parlent un meilleur français que vous.

A cette révélation déconcertante s'ajouta la soudaine constatation que Ernest lui-même, de temps en temps, parlait comme un monsieur. Au travail, il parlait patois, retrouvant tous les mots de la tribu, tous les mots qui s'appliquaient à la terre, aux outils, à la ferme. Il semblait même y prendre plaisir, remontant avec eux à son enfance, à sa jeunesse. Et puis, de temps en temps, il se mettait à utiliser le parisien, notamment lorsqu'il bavardait avec Aïcha.

Sortant de son curieux silence, Aïcha devint volubile. C'était tomber d'un excès dans l'autre et les paysans n'apprécient pas les excès ni les exagérations. Le silence total les inquiète, mais ils aiment néanmoins le silence. Le monde de la campagne est un monde silencieux entrecoupé d'éclats de voix. Comme on s'interpelle souvent de loin, on crie, on s'apostrophe. La nature s'endort parfois, surtout aux époques de grandes chaleurs, et l'on se met soudain à gueuler pour trouer le silence.

Aïcha avait une toute petite voix, fluette, qui étonnait d'autant plus, sortant de ce gros corps et de cette grande bouche aux lèvres roses. Elle disait qu'elle s'était bien amusée avec les chèvres et qu'elle aimerait encore leur courir après puisque Ernest lui avait raconté que l'on n'avait à craindre ni les lions ni les hyènes.

Emilie n'en revenait pas, d'une telle stupidité. Elle avait cadenassé la barrière du parc aux chèvres et conservait la clef dans son tablier.

4

La surface des cultures dévolue au blé était réduite...

La surface des cultures dévolue au blé était réduite, mais il fallait néanmoins, après la moisson, mélanger les chaumes à la terre, redonner de l'air au sol.

Alfred griffait la glèbe, la herse tirée lentement par les vaches et Ernest suivait l'attelage. Il avait monté les sacs de froment au grenier et ne savait plus quoi faire. Il agaçait son frère en essayant de bavarder.

Comme si on avait le temps de bavarder ! En réalité, le temps ne se mesurait pas. On avait tout le temps, mais dans tout ce temps, restait toujours quelque chose à faire. Bavarder, c'était perdre du temps. On voyait bien qu'Ernest avait pris l'habitude, à l'armée, de fainéanter. Depuis son retour, il ne rechignait pas à l'ouvrage, mais l'ouvrage ne lui collait pas à la peau. Dès qu'il avait accompli une tâche, il s'arrêtait, comme si la journée était finie. Ce qui avait le don d'exaspérer le vieux Gustave qui préférait prendre son bâton de châtaignier et partir seul, arpenter la colline.

Il avait les mains qui lui démangeaient de leur inemploi. Il empoignait parfois son bâton avec la sensation, encore, d'agripper un outil. Il maugréait quand il butait sur une pierre, chancelant. Ses jambes n'étaient plus sûres. Il devait parfois se retenir à une branche pour ne pas tomber. Mais il allait, ayant toujours aimé marcher longtemps, derrière la charrue ou derrière les vaches qu'il amenait au pacage.

Maintenant, il marchait sans but. Il marchait pour marcher, pour ne pas tomber, pour ne pas s'engourdir, pour se prouver qu'il n'était pas encore ankylosé.

Le retour d'Ernest le chiffonnait. Cet imprévu bousculait ses plans. Il était entendu qu'Alfred et la bru continueraient à entretenir la ferme et qu'ils en hériteraient. Elle était bien trop petite pour faire vivre deux couples. Il n'y avait pas à dire, Ernest et sa négresse étaient de trop. Comment le leur faire comprendre ? Ils aidaient, certes, mais ils dérangeaient plus qu'ils n'aidaient.

Le vieux Gustave marchait sans but, marchait pour marcher, dans le lacis des sentiers bordés de ronces.

En même temps qu'il avançait, il reculait dans le temps. Des images de son enfance remontaient. Il revoyait ses vieux, qui n'avaient jamais été si vieux que lui et qui, pourtant, dans son souvenir, paraissaient si usés. Si usés qu'ils n'avaient pas tenu longtemps et que lui était devenu le maître de la ferme dès son retour du service militaire.

Ah ! cet exil dans les garnisons de l'Est, quel déchirement ! Ces villes froides où se retrouvaient dans des casernes sinistres tant de pauvres diables comme lui, arrachés brutalement à leur terroir, tant de pauvres diables esseulés, déboussolés, hagards. Il n'avait cessé, pendant son incorporation, d'avoir peur. Lui qui, à la campagne, ne redoutait rien, sûr de son droit sur son morceau de terre, s'était senti perdu. Avec d'autres recrues, aussi hébétées que lui, il errait sans but dans des rues si anonymes, lorsque le service ne les retenait pas. En réalité, aussi oppressive que fût la caserne, tous s'y sentaient moins perdus que dans ces cités où ils ne distinguaient aucun de leurs repères.

Puisque leur seule envie était de s'enfuir, et qu'ils n'osaient physiquement pas le faire, corsetés dans une discipline implacable, ils trouvèrent la solution de s'évader dans l'ivresse.

Le jeune Gustave ne buvait que de l'eau du puits. Avec ses camarades, aussi apeurés, il se mit à prendre goût au vin, ou plutôt à s'assommer dans des saouleries sordides.

Le vieux Gustave gravissait lentement ce sentier bordé de noisetiers où, si souvent, il avançait avec le même agrément. Il s'étonnait que ce souvenir des années détestables du service militaire surgissent ainsi dans sa mémoire avec autant de force. Puis la présence d'Ernest lui revint, ce fils soldat, ce fils parti si tôt de la ferme et qui, maintenant, réapparaissait, sûr de son droit.

Sa défunte femme l'avait mis en garde lorsqu'il avait décidé de gager Ernest. Bien sûr, Alfred était plus sérieux, plus travailleur, toutefois, même s'il était turbulent et aimait se battre avec les gamins du village, Ernest n'était pas un méchant enfant. La vieille Elise eût aimé retenir ce second fils. Elle disait que, chez les autres, il allait s'abîmer, prendre de mauvaises habitudes, qu'il leur reprocherait, plus tard, d'avoir été rejeté.

La vieille Elise, morte trop tôt, si tôt qu'il lui en voulait un peu de l'avoir abandonné.

Il pensait souvent à elle, n'en disant rien. Ce jour où il l'avait rencontrée au village, peu après son retour du service militaire, il lui semblait que c'était hier. Il revoyait avec tant de force le sourire de ses yeux plissés et sa tête si ronde sous sa coiffe de dentelle. Comme son père était tisserand et que ses toiles de lin arrivaient difficilement à nourrir la maisonnée, les accordailles se firent sans difficulté. Elise eut un petit pincement au cœur en s'éloignant du village pour monter au sommet de cette colline. Puis elle s'y enracina.

Naquirent Alfred et Ernest. Elle espérait avoir une fille, qui ne vint pas.

Le vieux Gustave se souvenait d'Elise avec tendresse et émotion. Et pourtant il n'en parlait jamais avec Alfred. Ce fils si sérieux n'aimait pas causer. Peut-être se souvenait-il d'elle, lui aussi, mais il devait trouver indécent de s'épancher.

Et le vieux Gustave n'osait troubler les silences de son fils.

Etait-ce parce qu'il avait pensé si fort à Elise que, lorsqu'il revint à la ferme, Ernest l'interpella :

– Et la mère, pourquoi qu'elle ne m'a pas attendu ?

Le vieux Gustave resta interloqué. Il balbutia :

– Ta mère, tu sais pourtant qu'elle est morte alors que tu étais aux colonies.

Il ne dit pas que la vieille Elise, qui toussait à se déchirer la poitrine depuis longtemps, avait réclamé si plaintivement son petit Ernest.

– Moi je l'aimais bien, la mère, dit Ernest, pourquoi ne m'avez-vous pas prévenu ?

– On ne savait même pas où tu étais.

– Quand même, moi, la mère, je l'aimais bien.

Le vieux Gustave en fut tout chaviré.

Ainsi, c'était Ernest, que l'on avait chassé, qui gardait une affection pour Elise.

On croit connaître ses enfants et finalement,

pour ça comme pour le reste, on ne connaît rien.

A son retour du service militaire, Gustave s'était remis à boire de l'eau fraîche. Pourtant, puisqu'une petite vigne était attenante à la ferme, il avait continué à faire du vin. Il en vendait quelques barils, puis Alfred consomma la récolte.

Ernest alla arracher le chiendent qui malmenait les ceps.

Il avait oublié cette petite vigne qui, dans la pauvreté rude de la ferme, lui parut un luxe, s'étonnant que son père, si sobre, l'eût entretenue. Ainsi donc, il y avait, chez le vieux Gustave, un souci d'agrément, inattendu.

Le raisin formait de belles grappes, encore loin d'être mûres. Ernest goûta quelques grains, les trouva acides.

A flanc de coteau, on apercevait le clocher du village. Ernest ressentit soudain une envie violente de rencontrer des gens, de bavarder, de boire une chopine avec des copains, sur un coin de table. Il s'était jusque-là adapté avec un certain plaisir aux travaux de la ferme familiale. Il retrouvait les gestes, les odeurs, les habitudes de ses années de jeunesse. Et Aïcha s'amusait de ces coutumes étranges qui déclenchaient chez elle de gros rires.

Il dévala la pente jusqu'à un rocher qui formait une sorte de promontoire. On y voyait plus nettement le village, avec ses toits de tuiles rouges. Il resta là un long moment, cherchant à discerner quelque chose de la vie d'en bas. Mais on ne distinguait rien, sinon de temps en temps le martèlement d'un outil sur une enclume.

Ernest frissonna. Pourtant le soleil tapait dur. Il frissonnait parce qu'il reconnaissait le bruit caractéristique de la forge. Et que cette forge lui rappelait le moment où il avait décidé de s'engager dans l'armée.

Son patron l'avait envoyé chez le maréchal parce que l'un des chevaux boitait. Il avait été émerveillé par la dextérité de l'artisan, par la manière dont celui-ci arrachait les clous défectueux dans la corne de l'animal, par le fer qui rougeoyait avant d'être fixé avec tant de précision que le sabot grésille et fume.

– Alors, comme ça, tu aimes les chevaux, lui avait dit le maréchal.

Ernest n'avait su que répondre. Le maréchal avait ajouté :

– Si tu aimes les chevaux, engage-toi dans l'armée. Tu seras cavalier et tu verras du pays.

Ernest s'était empressé de suivre ce conseil. Et même s'il n'était pas devenu cavalier, il avait vu du pays.

Une nostalgie l'envahit lentement, debout sur ce rocher où le tintement clair du marteau sur l'enclume le fascinait. Il se retint pour ne pas courir vers le village, remonta brusquement à la ferme.

En chemin, dans un champ labouré, des cailles qui volaient à ras du sol passèrent comme des flèches en carcaillant.

Ernest grelottait. Il faisait pourtant très chaud, mais la moiteur de la fièvre lui rappela qu'il avait ramené de la colonie les méfaits du paludisme.

De méchante humeur, il retrouva la ferme familiale, reprocha à son père de laisser les choux s'étioler et avala, en les mâchonnant, ses comprimés de quinine.

5

Les plus longs jours de l'été sont interminables

Les plus longs jours de l'été sont interminables. Le vieux Gustave, qui se levait toujours aux premières lueurs de l'aube, avait du mal à tenir debout jusqu'au crépuscule, bien que, comme ses fils, il coupât ce temps si pénible par de bienfaisantes siestes.

La chaleur, étouffante, l'étourdissait. Des mouches dansaient devant ses yeux. Il redoutait maintenant les marches dans les sentiers où la terre se craquelait. Les taons y devenaient méchants. Les fontaines, taries, n'accompagnaient plus son parcours de leur doux murmure.

Dans la cour de la ferme, courbé sur un banc, il regardait les poules qui creusaient des nids de poussière en s'épouillant.

Comme l'orage menaçait, il interrogea le ciel

pour découvrir de quel côté la foudre allait venir. La pluie, qui manquait tant, se déverserait-elle en noyant les récoltes ? Pire, allait-on subir cette malédiction qu'est la grêle ?

Les fils travaillaient aux champs. Les femmes se tenaient à l'intérieur du bâtiment. Le vieux Gustave était aux aguets.

Toute la nuit, il resta à l'écoute. Il ne s'était pas couché, veillant à la porte de la grange. L'orage avait tourné autour de la colline, s'éloignant, revenant soudain avec violence, menaçant la ferme d'une giclée d'eau puis descendant vers le village en grondant.

Plus de peur que de mal. Néanmoins, un arbre foudroyé près du champ de maïs témoignait de la violence de la tornade.

Ernest alla voir si la vigne n'avait pas trop souffert, enleva les feuilles trop ombreuses à l'entour des grappes. Cette plantation de noah n'était-elle pas le seul luxe de la ferme ! Que Ernest lui porte une telle attention agaçait le vieux Gustave.

– J'aurais dû l'arracher. On peut se passer de vin. Mes terres sont si petites.

Ernest n'était pas dupe. Il savait bien que si

l'on avait planté là une vigne, c'est que le sol y était trop pierreux pour y faire pousser autre chose.

– Alfred et moi on aime bien boire un coup, répliqua-t-il. Il n'y a pas de mal à ça.

Gustave bougonna :

– Voire !

– Voir quoi ? On peut bien se reposer en fin de journée autour d'un verre. C'est le seul moment où Alfred et moi on se retrouve.

Justement, le vieux Gustave n'aimait pas que ses deux fils traînassent en choquant leurs verres. Alfred ne se laissait pas ainsi aller avant le retour d'Ernest. Entre le pansage des vaches et le souper, les réunions des deux frères devenaient interminables. Alfred, si silencieux, se mettait à causer.

La cruche de vin se vidait lentement et Alfred semblait se réveiller d'une longue torpeur. Il s'animait en parlant, évoquait ces villes de l'Est où le service militaire l'avait lui aussi conduit. Les deux frères s'amusaient dans ces souvenirs de caserne. Et alors que le vieux Gustave ne conservait de son lointain temps de régiment que des images sordides, Alfred et

Ernest en riaient, trouvaient dans ces évocations un incompréhensible plaisir.

Le vieux Gustave houspillait Emilie, lui reprochait de ne pas servir la soupe. A l'écart, au fond de la pièce, Aïcha, impassible, regardait le temps passer.

Puisque Emilie lui interdisait de s'approcher des vaches, Aïcha récupéra les chèvres. Maintenant que celles-ci s'étaient habituées à son odeur, elle les conduisait dans les terrains incultes. Les sauterelles qui fusaient des broussailles lui faisaient toujours peur. Puis elle riait de sa frayeur. La campagne était manifestement moins hostile que la savane de son pays, mais elle devait s'habituer à l'étrange.

Elle eût été surprise si on lui avait dit que la ferme, où Ernest l'avait amenée, était misérable. Elle s'émerveillait de pouvoir cueillir dans les arbres, tout en conduisant ses chèvres, là des prunes, là des noisettes. Elle aimait s'asseoir sous un tilleul dont le parfum l'enivrait un peu.

En réalité, brusquement transplantée dans

ce pays si différent du sien, elle ne s'étonnait vraiment de rien. Qu'Emilie la rabroue, elle s'en accommodait. Qu'Alfred la regarde avec des yeux de merlan frit l'amusait. Seuls les yeux perplexes du vieux Gustave la gênaient.

On appelle l'automne l'arrière-saison, parce que l'été s'y prolonge un peu. Mais les hirondelles se rassemblent en bandes criardes et les veillées raccourcissent. La rosée du matin annonce la fraîcheur qui va venir.

Le vieux Gustave prenait des mottes de terre dans ses mains, les effritait et disait à Alfred qu'il ne faudrait pas tarder à semer le blé.

Le pauvre Alfred ne cessait de se faire réprimander. Il devait terminer les vendanges, fumer et labourer la terre. Il partait de bon matin, après avoir attelé les vaches ou l'âne.

Ernest se moquait de ces attelages. Il ne comprenait pas que son père n'ait pas hérité d'un cheval.

Le vieux Gustave l'expédiait gauler des noix et ramasser des glands pour les cochons. Aïcha l'accompagnait et ils s'amusaient bien tous les deux de ces travaux dévolus en général aux enfants.

Pour le vieux Gustave c'était de la fainéantise. Il se désolait de cette désinvolture d'Ernest qui répliquait :

– Je suis retraité. J'ai une pension. Vous aurez votre part. Je ne suis pas chien. Nous ne serons pas à votre charge.

En attendant il ne donnait rien et s'en allait des journées entières pour ramasser des champignons qu'Emilie refusait de faire cuire, s'opposant à empoisonner la famille.

La promiscuité, dans la grande pièce unique, à la fois cuisine, salle à manger et chambre à coucher, commençait à être pénible. Emilie maugréait le matin que Ernest et la négresse l'empêchaient de dormir, se trémoussant dans leur lit à n'en plus finir. Elle affirmait même qu'Aïcha poussait des cris comme un goret qu'on égorge, que tout cela finirait mal. Alfred la faisait taire, n'avouant pas que les cochonneries de son frère lui tournaient le ciboulot.

Ernest rigolait, accusait Emilie de ronfler et

de tousser, que c'était cela qui les réveillait, eux, et les poussait à se tortiller dans leur lit.

– N'est-ce pas, ma poule, disait-il à Aïcha, quel boucan !

Et s'adressant à Alfred qui lapait son bouillon :

– Mon pauvre vieux, ce que tu dois subir !

Le père Gustave n'entendait pas ces jérémiades. Bien plus tôt, il avait réchauffé sa soupe sans faire de bruit, pendant que les deux couples dormaient ou feignaient de dormir, l'avait mangée lentement, en la bourrant de morceaux de pain dur, puis était sorti dans la cour, avec toujours cet immense plaisir de respirer l'air pur, l'air unique du petit matin. Il aimait être le premier à saluer le jour, avant même que les oiseaux, tous ensemble, se mettent à s'égosiller. Il restait un moment, immobile, aspirant de tout son corps cet air neuf, cet air âpre. Chaque matin, il renaissait ainsi. Il n'avait plus quatre-vingts ans. Il n'avait plus d'âge. Il communiait dans ce perpétuel renouvellement de la vie.

C'est sans doute à l'automne que la lumière est la plus belle. L'été, la chaleur égalise les couleurs, les rend plus ternes. A l'automne, les verts deviennent plus verts, les jaunes plus jaunes. Les jours diminuent, mais ils sont plus pleins et moins lourds.

Pendant qu'Alfred était occupé aux semailles, Ernest et Aïcha arrachaient et ramassaient les pommes de terre. Participer aux récoltes donnait à Aïcha un vrai plaisir. Elle avait l'impression de recevoir des cadeaux. Que la terre et les plantes et les arbres soient aussi prolifiques l'enthousiasmait.

Les premières gelées blanches lui causèrent autant d'étonnement que de malaise. Ainsi, l'enivrante chaleur allait disparaître. Le vieux Gustave, examinant les oignons et trouvant qu'ils avaient trois pelures, prédit que l'hiver serait froid.

Aïcha emplit de pleins paniers de châtaignes. Le vieux Gustave s'étonnait de la voir si active, toujours de bonne humeur et si agile malgré son obésité. Si elle n'avait pas été si noire, c'eût été une bonne femme.

Elle ne se plaignait jamais, riait de tout, se

précipitait pour aider quiconque se trouvait encombré. Cette bonne humeur exaspérait Emilie.

Lorsque, un dimanche, Emilie s'attifa pour se rendre à la messe et que le vieux Gustave lui demanda d'emmener Aïcha, elle se mit à hurler que jamais elle n'accepterait d'être la risée de la paroisse, que ça ne s'était jamais vu, que le curé les mettrait à la porte de l'église.

– Tais-toi, garce, gronda Ernest. Et rassure-toi, Aïcha n'est pas chrétienne.

– Comment ça ? s'inquiéta le père Gustave.

– Aïcha est musulmane.

Il ne manquait plus que ça ! A quoi servaient les missionnaires si les nègres n'étaient pas chrétiens ? Gustave, Alfred, Emilie regardaient la négresse avec stupéfaction. Non seulement elle était noire, non seulement elle était grosse, non seulement elle parlait comme une Parisienne, mais en plus elle n'était pas dévote.

– Ben quoi, dit Ernest, à part Emilie qui de vous va à l'église ? Vous ne quittez jamais votre nid de pies. Aïcha est plus croyante que vous. Et puis merde, vous êtes trop cons, à la fin.

Le père Gustave s'était rendu une dernière fois à l'église lors de l'enterrement de la vieille Elise. Qui n'était pas si vieille lorsqu'elle abandonna la ferme. Il n'avait jamais pardonné au bon Dieu de la lui avoir enlevée si vite.

Il ne descendait plus au village. Il tournait le dos au chemin qui serpentait entre les ronces et montait le plus haut qu'il pouvait, dans les terres incultes, emplies de pierraille.

Il savait maintenant que lorsqu'il descendrait au village, ce serait couché dans la charrette de l'âne et qu'il ne reviendrait plus. Il rejoindrait, dans sa fosse, la douce Elise, si froide désormais, à s'en glacer les os.

Il souhaitait que ce moment ne tarde pas trop. Depuis le retour d'Ernest il ne prenait plus goût à rien. L'ordre, la manière, les coutumes qu'il avait hérités de son père, et transmis à Alfred, se trouvaient ébranlés par ce couple étrange. Il lui semblait que la noirceur d'Aïcha avait déteint sur Ernest, devenu un peu nègre. Oui, un peu nègre. Cet homme insouciant, qui aimait vivre de l'air du temps, blagueur, toujours prêt à rire de tout et de rien, en quoi ressemblait-il au petit Ernest parti se gager comme le voulait l'usage ? Le vieux Gustave se cassait les méninges à essayer de se rappeler comment était Ernest avant ses douze ans. Il n'y arrivait pas. L'image de son aîné, le jeune Alfred, s'interposait, prenait toute la place. C'est que, en effet, Alfred avait pris toute la place et que maintenant, cet homme qui se prétendait Ernest revendiquait sa part.

Comment reconnaître en cet ancien colonial le petit valet venu embrasser Elise avant son départ pour Rochefort ? Il se souvenait maintenant qu'il l'avait peu vu, occupé alors à labourer sa terre, même que cette visite l'avait dérangé et qu'il avait grogné à la vieille Elise que l'on n'avait pas de temps à perdre avec des simagrées.

Lorsque Ernest lui disait (et il le redisait souvent, trop souvent) : « Moi, la mère, je l'aimais bien », il percevait dans la façon un peu trop doucereuse dont Ernest prononçait ces mots, une nuance de reproche.

Oui, il ne prenait plus goût à rien parce qu'il était trop vieux et qu'Ernest perturbait son monde. C'est un des traits de la vieillesse que cette sensation du monde qui s'enfuit, du monde qui est le sien et qui vous glisse sous les pieds. Un autre monde arrivait avec Ernest, un monde étranger, hostile, incompréhensible.

Les hauteurs de la colline s'enveloppaient de brouillard. Des bandes de corbeaux tournoyaient en croassant. Les prémices de l'hiver donnaient à la nature sa mélancolie. Les arbres qui se dénudent, les feuilles qui tombent et pourrissent, la terre qui sommeille.

Dans cette annonce de l'hiver, les animaux de la ferme se dévergondent. Les oreilles couchées, l'âne brait désespérément. Les chèvres s'agacent à coups de corne, se mettent à ronger les boiseries de l'étable. Les mener au bouc n'est pas une mince affaire. Et qui possède un bouc fait payer cher ses saillies. Mais sans saillies, pas de chevreau en avril.

Gustave frissonnait. Il retourna à la ferme, transi, demanda à Emilie un bol d'eau chaude, dans laquelle il versa un peu d'eau-de-vie.

Il s'étonna de voir ses deux fils s'affairer en bonne compagnie.

Dans la précipitation des tâches urgentes les deux frères devenaient camarades. Il fallait mettre le vin en tonneau, saigner le porc, préparer les cochonnailles. Il y avait, dans cette agitation, un certain amusement, une certaine compétition. Qui distrayait du travail sévère de la terre.

Aïcha et Emilie elles-mêmes, dans toutes ces besognes, arrivaient à une sorte d'entente. La ferme s'égayait de rires, de plaisanteries, d'exclamations enjouées.

Le vieux Gustave voulait participer à cet engouement, et imposer, comme toujours, ses directives. Très vite, il s'aperçut qu'il gênait.

6

Ernest aimait bien faire des fagots avec le bois des haies

Ernest aimait bien faire des fagots avec le bois des haies. Il taillait à la serpe les branchages, dénudait les chênes-têtards. Il ramenait à la ferme le bois pour le chauffage de l'hiver et, avec les meilleures coupes, façonnait des manches pour les outils qu'il réparait.

Les pies qui se rapprochaient de l'étable annonçaient que le froid était en marche. Déjà les vents frais emportaient les feuilles mortes en tourbillonnant.

Ernest redoutait le froid. La chaleur de l'Afrique, l'humidité de la savane, l'avaient accablé, mais il s'était finalement habitué à la moiteur. Cet hiver qui arrivait l'inquiétait. D'autant qu'il remarquait chez Aïcha des signes de panique. Les premiers gels des ruisseaux l'avaient stupéfiée et ce ciel qui s'obstinait à rester gris. Elle s'était drapée dans les couvertures du lit, malgré les protestations d'Emilie.

Que les poules ne pondent plus paraissait un mauvais présage. La nuit, le ululement des chouettes l'épouvantait. Elle reprochait à Ernest d'être venu se fixer dans ce pays perdu.

Il ne répondait rien, partait faire de longues marches sur les terres incultes. Et c'est ainsi qu'un jour, s'étant approché du village, il entendit de nouveau très distinctement le tintement d'un marteau sur une enclume. Le maréchal-ferrant n'était pas loin.

La maréchalerie se situait dès l'entrée du village. Un vieux bâtiment aux murs rapiécés avec des tôles, ouvert largement sur la rue. Bras nus, les manches de chemise retroussées, un tablier de cuir sur le ventre, le maréchal regarda Ernest avec surprise. Il ne connaissait pas cet homme, lui qui connaissait tout le monde. C'était un gaillard courtaud, à la bedaine rebondie, jovial, et qui aimait causer.

– Ah ça, dit-il à Ernest, comment ça se fait qu'on ne s'est jamais vus ?

– Je suis le fils du père Gustave. On ne descend pas souvent de la colline.

– Et comme vous n'avez pas de cheval, pas besoin de ma pratique.

Ernest, un peu honteux de cette pauvreté, répliqua qu'il connaissait les chevaux.

– Ah oui, c'est toi qui étais soldat aux colonies.

– Même que je suis revenu avec les sardines de sergent.

– Tiens donc. Alors maintenant tu te la coules douce.

– Faut bien aider un peu le père.

– Alors, comme ça, tu as ramené une négresse.

– Qu'est-ce que ça peut te faire ?

– Je ne dis pas... Je ne dis pas... Tu sais comment les gens causent.

– En quoi ça les regarde.

– Il n'y a pas beaucoup de nouveautés, au village. Tu en ramènes une. On cause. A propos, toi qui as été dans l'armée, tu n'as pas peur des chevaux ?

Ernest pensait au maréchal qui, en lui faisant miroiter la cavalerie, avait décidé de son destin.

– J'aime bien les chevaux.

– Il y en a un qui attend dans le travail, tout sanglé. Mais il me faut quelqu'un pour lui tenir le pied.

Ernest suivit l'artisan.

Dans l'espace dévolu au ferrage et que l'on appelle « le travail », un vieux cheval attendait, attaché par la bride à un anneau fixé au mur.

Le maréchal entra dans la forge, fit rougeoyer le charbon en actionnant l'énorme soufflet de bois et de cuir qui occupait presque tout l'espace et plongea le fer incandescent dans l'eau d'un bac de pierre pour le tremper. Puis il le martela sur l'enclume, à grands coups.

Il passa une courroie derrière les épaules d'Ernest.

– Tiens-lui le pied à l'aide de cette courroie. Et attention qu'il ne rue pas.

Il posa le fer brûlant sur la corne qui grésilla. Puis il enfonça les clous.

Le cheval ne bronchait pas.

– Eh bien, dit le maréchal, pour une première visite on est déjà de compagnie. On arrose ça.

Le cabaret était attenant à la forge, une petite salle avec une table au milieu et des tabourets.

– La patronne est partie au marché. Tu boiras bien un coup de blanc.

On trinqua. Le maréchal avait des mains énormes, disproportionnées avec sa si petite taille, des mains entaillées de cicatrices et de brûlures. Il sortit de son tablier un paquet de tabac qu'il tendit à Ernest.

– C'est du caporal ordinaire.

Et il ajouta avec un sourire qui lui faisait plisser les yeux dans son visage rouge :

– Du caporal ordinaire... Qu'est-ce que ça fume, un sergent ?

– La même chose, dit Ernest, un peu confus. Allons, il faut que je m'en retourne.

– Viens un soir, dit le maréchal. La patronne sera là. Il y aura du monde au cabaret. Tu trouveras à qui causer.

– Je n'ai pas besoin de causer, dit Ernest.

– On dit ça. On dit ça. Et on se ronge les sangs dans son coin. Ça ne doit pas être gai tous les jours, là-haut ?

Ernest haussa les épaules, vida son verre de

blanc et rentra à la maison en traînant un peu ses galoches.

C'est Emilie qui cuisait le pain pour la semaine. De grosses boules à la croûte épaisse que l'on avait du mal à trancher le sixième jour.

Elle prenait grand soin du four, interdisant à Aïcha de s'en approcher. Le feu est si indocile. Une fausse manœuvre et voilà l'incendie qui se met à courir. Le four constituait la partie noble de la ferme, le cœur du logis. Sans four bien entretenu, nourri de sarments et de bûches, pas de pain, pas de chairs rôties, pas de tartes aux prunes. Le four était la propriété d'Emilie et sa gloire. Avec le four, elle tenait les hommes par la gueule.

Il était entendu dans les campagnes que l'on ne mangeait jamais de viande. La viande c'était pour les bourgeois et les nobles. On appelait viande ce que vendaient les bouchers, du bœuf et du veau. A la ferme on ne consommait que le cochon, tout entier, de la hure aux tripes. Voire de vieilles poules qui ne pondaient plus et qui n'étaient comestibles que mises au pot.

Ernest eut l'idée d'améliorer cet ordinaire en tendant des collets pour y piéger des lièvres. Le braconnage lui donna un nouveau souffle. Depuis qu'il avait rencontré le maréchal-ferrant, la solitude de la ferme lui pesait. L'épaule lui démangeait qui se souvenait de la morsure de la courroie du fusil. Il ronchonnait de ne plus avoir d'arme. Le gibier abondait sur la colline. Chaque cartouche aurait livré sa proie.

Le vieux Gustave n'aimait pas ces braconnages. Il refusait de manger ces perdrix et ces lièvres qu'Emilie se complaisait à cuisiner. Et lorsque Ernest parlait de fusil, il mettait le holà, le menaçant d'avertir lui-même le garde. Les braconniers n'étaient que des gueux, qui ne savaient pas cultiver la terre et ne vivaient que de maraudes.

D'ailleurs, que faisait Ernest ici, sinon marauder, vivant de l'air du temps et du travail d'Alfred ? Ça ne pouvait durer. Il observait avec inquiétude son fils aîné qui prenait plaisir à trinquer avec Ernest dans ces longues soirées d'hiver. Il patienterait jusqu'au printemps. On ne jette pas un chien dehors quand il gèle. Mais dès les beaux jours, il faudrait qu'ils déménagent, lui et sa négresse.

Les quelques flocons de neige qui virevoltèrent en janvier créèrent chez Aïcha une véritable panique. Elle disait que les anges perdaient leurs plumes et qu'on les verrait bientôt tout nus, chassés du paradis, qu'une telle punition annonçait de grands malheurs.

Tout le monde s'en amusa, même le vieux Gustave qui, pourtant, riait si peu. Ce que l'on trouvait le plus drôle c'est que les anges d'Aïcha aient des plumes blanches, tellement il paraissait évident que les anges des nègres devaient avoir des plumes noires.

Entre quatre murs, les jours sont longs en hiver. Longs et pesants. On s'attarde au lit. Même le vieux Gustave, qui ne sortait plus de la grange à l'aube, venait se réfugier dans la salle commune où, dans la cheminée, un feu, bien entretenu par Emilie, diffusait une bienfaisante chaleur.

Après les plumes des anges, une pluie torrentielle environna la colline d'un rideau liquide. Les vaches, les chèvres, l'âne, restèrent enfermés eux aussi et Alfred ne sortit de la maison que pour aller leur porter du fourrage et refaire les litières avec de la paille fraîche.

Le vieux Gustave se lamentait de ce déluge, trop d'eau étant mauvais pour la terre endormie. Il répétait qu'il préférait un temps sec, bien meilleur, que ce n'était pas un temps de saison.

Ernest s'en agaçait. Il répliquait que les saisons sont ce qu'elles sont, que l'on n'y peut rien. Et il ajoutait, pince-sans-rire, qu'il est connu que quand les anges perdent leurs plumes le temps se détraque.

Il apportait sur la table un pichet de vin, poussait deux verres et invitait Alfred à trinquer.

– Je ne mets pas de verre pour vous, disait-il au vieux Gustave. Et pourtant, ça vous remonterait.

– Qu'est-ce qu'il dit que ça me remonterait, maugréait silencieusement le vieil homme. Il me prend pour une horloge ?

En même temps, il se disait qu'il aurait en effet besoin qu'on le remonte. Ses rouages se sclérosaient. Ils peinaient à marquer l'heure.

La provision de bois brûlée, le temps, qui le savait, s'adoucit. Le soir, la tiédeur réveillait les crapauds qui coassaient entre les pierres. Les oiseaux se mirent de nouveau à chanter à l'aube et, sur le coup de midi, le vieux Gustave s'émerveilla de voir jaillir d'un pré une alouette qui se mit à grisoller de plus en plus haut, battant éperdument des ailes en plein ciel, à la recherche du soleil pâle.

Cette douceur de février, bien que mauvaise pour la terre, réconfortait le vieux Gustave. Il avait l'impression que, dans son corps endolori, le sang se mettait de nouveau à circuler. A la Chandeleur, disait-on, l'hiver passe ou prend rigueur. Eh bien qu'il passe et que les jours s'allongent ! Ses hivers n'étaient-ils pas comptés, et ses printemps ! Comme l'alouette, il chantonnait en cherchant des yeux un rayon de soleil.

Cette douceur inattendue ne tiendrait pas.

Mais viendrait un beau froid sec qui ne s'opposerait pas à ses longues marches dans les guérets.

Alfred, Ernest, Emilie, Aïcha, s'agitaient dans la cour. Eux aussi venaient de percevoir la lointaine annonce du printemps. On amena tour à tout à l'abreuvoir les vaches, l'âne et les chèvres. Les animaux, eux aussi, semblaient se réveiller, se bousculaient, avaient des envies de fuite.

Dans le poulailler, le coq lança son cri strident, courroucé et qui s'achevait dans une sorte d'étranglement.

Ernest frissonna. Il lui sembla percevoir au loin, très loin, un autre coq qui répondait à celui de la basse-cour. Le coq de la ferme l'avait aussi entendu, qui répéta son cri. Et toujours, aussi loin, l'autre coq répondit.

– Le beau temps ne durera pas, dit Alfred. Les vents viennent de la vallée, apportant les bruits du village, si nets.

Si nets que Ernest distinguait maintenant le tintement du marteau du maréchal sur l'acier de la forge.

Dès qu'il eut procédé à ses ablutions (car

hiver comme été il se dénudait et s'aspergeait d'eau froide) et revêtu son costume de droguet, il partit en toute hâte dans les sentiers qui dévalaient la colline. Craignant qu'on le retienne ou qu'on lui demande vers quoi il filait.

Il avait l'impression d'être en faute, comme de courir la gueuse. Et pourtant il ne faisait rien de mal. C'est cette attirance inexpliquée vers la maréchalerie qui lui causait son émoi. Il savait que, par là, il fuyait la ferme de son père et même Aïcha. Il ne savait pas pourquoi il les fuyait. Mais plus il se rapprochait de cette forge qui tintinnabulait, plus son cœur battait.

Il la sentait de loin, avec cette odeur entêtante de corne brûlée et de gnôle.

Le maréchal était occupé à fondre la ferraille de récupération que lui apportaient les paysans. Avec ces outils usagés il façonnait des parures pour les sabots des chevaux et des bœufs.

Ernest le regardait travailler. Le maréchal, trop attentif à sa besogne, ne le voyait pas.

Sortant du cabaret contigu, une femme le héla.

Le maréchal posa son marteau, regarda Ernest sans d'abord le reconnaître.

– Mais c'est le colonial qui revient ! Alors, comme ça, on ne se les a pas gelés cet hiver. Et la négresse, elle a tenu le coup ?

– On a tous tenu le coup. Après l'Afrique c'est plutôt dur. On se calfeutre. On dort comme des bêtes.

– Et maintenant te voilà ressuscité. Qu'est-ce que tu cherches ? Du travail je n'en ai pas pour deux, sauf pour un coup de main, comme la dernière fois.

– Qu'est-ce que je cherche ? Peut-être de la compagnie.

– Je te l'avais bien dit, que ça te manquerait. Tu trouveras ça à côté, avec une chopine. Allez, la mère, voilà un client.

Ernest suivit la femme et entra au cabaret. Cinq hommes étaient attablés, qui le dévisagèrent.

– C'est le colonial qui est revenu dans la ferme du père Gustave, dit la femme.

Ernest s'assit près d'eux et paya la tournée. Il savait amadouer son monde.

Il fallut quand même du temps pour que

ces cinq-là se dégèlent. Ils regardaient Ernest à la dérobée. Ce nouveau venu perturbait leurs habitudes. Il y avait le grand Maurice, cantonnier de son état, que sa fonction municipale remplissait d'aise. Il regardait Ernest de haut, le jaugeant. Il y avait le maçon, à la blouse tachée de plâtre. Il y avait Louis, le sabotier, Clovis qui se savait bon à rien et s'en contentait, Jules le toucheur de bœufs du grand domaine. Ils avaient l'habitude de se retrouver de bon matin, avant de commencer leur journée. Un premier coup de blanc réconforte. Ils n'avaient rien à se dire, mais ils prenaient plaisir à se retrouver.

L'arrivée de l'ancien colonial chamboulait leurs silences. Causer, mais de quoi ? Ernest, que la vie militaire avait rendu loquace, salua la compagnie. On ne lui répondit que par des grognements polis. Alors il se lança, évoqua l'Afrique, l'immensité du territoire, la main-d'œuvre inépuisable, l'été qui ne finit jamais.

Ils l'écoutaient, stupéfaits et incrédules. Le cantonnier dit :

– Paraît que tu es revenu gradé ?

– Sergent.

– Comme un sergent de ville, dit le maçon.

– Et pourquoi que tu es revenu ? demanda le toucheur de bœufs.

– J'avais fait mon temps.

– Comment vous arrivez à tenir tous dans la borderie du père Gustave ? demanda le cantonnier.

– Et la négresse, elle fait toujours peur aux chèvres ? renchérit Louis.

Ernest n'aimait pas que l'on s'occupe de sa femme. Il répliqua d'un ton sec qu'ils s'arrangeaient là-haut.

– Et alors, pourquoi tu es descendu ? demanda le maçon.

Ernest ne savait quoi répondre. Il aurait fallu qu'il sache lui-même pourquoi le tintement de l'enclume l'attirait avec autant de force. Il appela la patronne, paya une nouvelle tournée et remonta à la ferme sans s'attarder dans la maréchalerie.

Le vieux Gustave s'habituait à Aïcha qui était une travailleuse. Une bonne grosse, toujours de bonne humeur et qui ne rechignait devant aucune besogne. Il avait fini par admettre que Ernest en ait fait sa femme. Dommage qu'elle soit aussi noire !

– Si tu as un fils, disait-il à Ernest, il sera comment ? Chaudronné, comme un diable ?

– Sans doute café-au-lait.

– J'aime bien le lait, mais pas le café. Le café, c'est aussi une boisson d'ailleurs.

Comme il ne gelait plus, le vieux Gustave reprenait ses allées et venues dans les sentiers. Marcher lui faisait du bien. Il avait l'impression de se dérouiller. Bien que son genou gauche montrât des réticences à se déployer. Pour descendre, ça allait, mais pour monter ce genou lui faisait mal. Et sur cette fichue colline, il fallait toujours ou monter ou descendre.

Il ne se lassait pas de ses allées et venues. Pourtant il connaissait les moindres recoins.

Mais toujours la nature se renouvelle. Des arbres se dessèchent alors que de jeunes pousses surgissent de terre. Il arrive même des plantes étranges, amenées par le vent ou les oiseaux.

Depuis qu'il ne travaillait plus à la ferme, le

vieux Gustave découvrait le monde des herbes sauvages, jadis ses ennemies. Un foisonnement de plantes étranges, inutiles et qui servaient seulement de parure à la colline. Toutes ces herbes qu'il reconnaissait immédiatement, avec leurs noms bizarres venus de la nuit des temps : l'herbe-aux-bœufs, l'herbe-aux-chevaux, l'herbe-aux-vaches, l'herbe-aux-ânes, l'herbe-aux-oies, l'herbe-aux-chats, l'herbe-aux-abeilles, l'herbe-à-l'aspic, l'herbe-aux-serpents, l'herbe-aux-puces, l'herbe-à-la-diarrhée, l'herbe-aux-sorciers, l'herbe-aux-gueux, l'herbe-aux-pouilleux, l'herbe-à-la-veuve, l'herbe-aux-sages, l'herbe-aux-anges...

Mars s'annonçait sec et venteux. Les longues veillées d'hiver n'étaient plus de mise. Il fallait commencer les labours, sarcler les blés, tailler la vigne.

Ernest aidait Alfred en traînant les pieds. Cet éternel recommencement des travaux champêtres l'agaçait. L'été dernier, se laissant agripper par les souvenirs de sa jeunesse il s'était lancé avec plaisir dans toutes ces besognes qui le rajeunissaient.

En quittant l'armée, il avait cru abandonner l'Afrique mais l'Afrique ne l'abandonnait pas. Il se rendait compte maintenant qu'il n'aurait pas dû emmener Aïcha. Avec elle, l'Afrique demeurait charnellement présente. Mais s'il l'avait emmenée n'était-ce pas parce qu'il refusait de se séparer totalement de la vie coloniale ?

On se laisse aller ainsi à des impulsions qu'il faut ensuite assumer.

Il s'apercevait qu'Aïcha s'adaptait beaucoup mieux que lui à la vie paysanne. Elle s'était d'abord étonnée, puis s'était coulée dans le train-train quotidien, indifférente aux rabrouements d'Emilie.

L'Afrique pesait d'un tel poids sur Ernest qu'il avait besoin de s'en défaire en communiquant aux autres ses souvenirs et ses nostalgies. Mais si son père et son frère l'avaient d'abord écouté avec curiosité, ils s'étaient vite lassés de ses évocations. Les exercices militaires leur répugnaient et les coutumes des populations noires leur paraissaient invraisemblables. Ils se fermaient lorsque Ernest tentait de revenir sur son passé colonial. Le vieux Gustave lui coupait la parole, retournait à ses sujets familiers, la terre qui verdoie, la pluie mauvaise en mars. Emilie se plaignait de l'humidité, du pain trop mou et du sel qui sue son eau. Alfred comptait sur lui pour le pansage des bêtes.

Ernest avait la gorge nouée. Il sortait brusquement dans la cour et entendait au loin le bruit lancinant du tam-tam dans la forêt.

Le tam-tam et le piaillement des singes en haut des grands arbres.

Non, ce n'était pas le battement du tam-tam, mais le tintement de la forge qui arrivait si net dans le silence du matin. Et, dans les arbres, ne croassaient que des corbeaux.

C'est parce qu'il avait tant envie de parler, tant envie de partager cette passion de l'Afrique qui l'obsédait, qu'il retourna très vite chez le maréchal-ferrant.

Il prit l'habitude de s'y rendre le soir, lorsque le cabaret faisait le plein de sa clientèle. La forte femme du maréchal, tout à fait jouasse, balayait le carrelage de ses longs cotillons. Elle avait le propos leste et la repartie rapide. De quoi mettre de bonne humeur la pratique. Sur les coups de huit heures, le maréchal qui maniait ses pinces et ses marteaux depuis l'aube, venait s'asseoir dans le troquet et trinquait avec les habitués.

Parmi ces habitués, il y avait maintenant Ernest. On ne croyait pas trop tout ce qu'il racontait, mais on aimait le faire parler. Le vin aidant, il devenait vite bavard, s'échauffait, racontait ce que d'aucuns prenaient pour des balivernes. Il se vexait, prenait la porte en menaçant de ne plus jamais revenir.

Propos d'ivrogne ! Le lendemain il était là, s'attardant un peu dans la maréchalerie où le patron finissait par le prendre en sympathie.

Ernest lui avait raconté comment son enrôlement dans l'armée lui avait été suggéré par un de ses collègues, parce qu'il aimait à la fois les outils de la forge et les chevaux, mais qu'on l'avait versé dans l'infanterie de marine et que, finalement, les seuls outils dont il savait se servir c'étaient les armes à feu.

Il hésita et ajouta :

– Si j'avais un fusil, je pourrais chasser. A la colonie on faisait des chasses superbes. J'ai même tué un lion, une fois.

– Ne dis pas n'importe quoi, répliqua le

maréchal. Au cabaret on t'a bien accepté, mais tu agaces avec tes esbroufes.

– Et pourquoi que je n'aurais pas tué un lion ? Ce n'est jamais qu'un gros chien.

– Je ne dis pas... Seulement tu as perdu la manière de causer. Tu es aussi bouseux qu'eux et tu parles parfois comme un Monsieur. Ça la fout mal.

– Tes coups de masse sur les fers, je les entends là-haut. Ils me donnent le bourdon.

– Les entends-tu bien ? As-tu compris que mes coups, plus ou moins forts, sont guidés par le son ? Si le fer a un défaut, le son me le dévoile.

– Si j'avais un fusil, tu entendrais aussi mes coups. On se parlerait, comme ça, de loin. Seulement le père ne veut pas.

– Il n'est pas commode, le père Gustave, hein ? C'est un caractère. Il a toujours mené son monde. Et toi tu arrives, comme ça, avec ta négresse et ton Afrique...

Ernest, ce soir-là, évita le cabaret. Remontant lentement la colline, à la clarté blafarde de la lune, il se sentait très seul, très las.

Ils ne savent pas, se disait-il, ce qu'il y a au-delà des mers. Ils ne le savent pas et ils s'en foutent.

7

La marche devient pénible quand le genou s'enraye

La marche devient pénible quand le genou s'enraye. Le vieux Gustave traînait la patte. Puis le genou se mit à enfler. Une énorme bosse qui vous tire la peau. Et la jambe s'ankylose.

Le père Gustave revint à la ferme en clopinant. Avec l'impression de traîner un boulet.

– Le voilà qui boite, maintenant, dit la bru. Pouvez pas rester tranquille ! Où êtes-vous encore allé traîner vos sabots ?

Le vieux Gustave, penaud, n'aimait pas déranger son monde. Et puis, se voir diminué, l'humiliait.

Il alla s'asseoir devant la grange où il passait ses nuits. Se massa le genou. Mais la douleur devint plus forte. Relevant la jambe de son pantalon, il découvrit l'enflure.

Il eut l'impression qu'on l'observait. Aïcha

se tenait en effet devant lui. Elle avança la main pour toucher le genou. Horrifié de cette audace, le père Gustave rabattit précipitamment son vêtement.

Aïcha s'esclaffa :

– Je ne vais pas le manger, votre genou. Laissez-moi faire, je vais vous soigner ça.

Avant que Gustave ait eu le temps de protester, Aïcha avait tourné les talons.

Elle revint quelques heures plus tard, son tablier empli de plantes qu'elle voulut aller ébouillanter dans la cuisine. Comme Emilie s'y opposait, elle les écrasa lentement dans la cour, entre deux grosses pierres, et finit par obtenir une sorte de pâte verdâtre qu'elle recueillit dans un linge. Puis, rejoignant le père Gustave, interloqué, elle lui demanda de découvrir son genou.

Le vieux Gustave, stupéfait, indigné, l'envoya paître. Quelle impudence ! Et de quoi se mêlait-elle ? Relever la jambe de son pantalon devant une femme que l'on ne connaît ni d'Eve ni d'Adam, ça ne s'est jamais vu !

Aïcha resta en panne avec son emplâtre jusqu'à ce que Ernest arrive à la ferme. Ils se mirent à causer tous les deux, dans leur curieux langage, puis Ernest interpella son père :

– Aïcha s'y connaît en remèdes de bonne femme. Elle m'a plus d'une fois guéri de mes misères.

Le père Gustave n'en revenait pas. Il savait bien que l'on soignait par les plantes et il avait eu souvent recours à des tisanes et à des cataplasmes, comme tout le monde, mais à l'idée de se découvrir la jambe devant cette négresse, il en avait le haut-le-cœur.

– Ne faites pas la vieille bête, dit Ernest. Montrez-moi votre genou.

Il le montra.

– C'est un épanchement de Sidonie, dit Ernest. Pas grave, à condition de se soigner. Allez, laissez-vous faire.

Il disait Sidonie, au lieu de synovie, comme tout le monde, ce prénom féminin étant quand même plus de chez nous.

Le vieux Gustave se leva brusquement et se renferma dans la grange.

Il n'apparut pas au souper. Comme on ne l'avait pas vu le lendemain matin, les fils s'inquiétèrent.

Le vieil homme refusait de bouger, son genou lui faisant trop mal.

– C'est parce qu'elle est trop noire que vous ne voulez pas de ses mains ? demanda Ernest.

– C'est pas ma femme à moi, répondit Gustave.

– Pas d'importance, dit Ernest, je vous la prête.

Aïcha, avec son emplâtre, massa le genou cagneux du vieillard, de ses doigts agiles et doux.

Le père Gustave regardait avec gêne cette main noire et il fut stupéfait de s'apercevoir que la paume d'Aïcha était étonnamment rose.

Chaque matin, Aïcha revenait dans la grange où le père Gustave restait étendu sur sa paillasse. Elle lui enduisait le genou de la pâte verdâtre, le massait, l'enveloppait d'un chiffon propre.

Le vieux Gustave, maintenant, se laissait faire. Il s'était habitué à l'étrange odeur de la négresse, âcre, violente. En ce temps-là tout le monde exhalait une odeur, plus ou moins agréable. Plutôt moins que plus. Souvent même puante. Celle d'Aïcha n'était pas répugnante. Elle ne sentait pas la femme, c'est-à-dire ce mélange d'odeur de lait et de sueur habituel aux paysannes. Ernest lui aurait dit qu'elle sentait l'Afrique. Elle ne sentait pas la femme et pourtant ses lourdes mamelles témoignaient d'une féminité triomphante. Elle n'avait aucun complexe de son gros corps. Au contraire, elle le mouvait avec désinvolture, frôlant la vieille carcasse de Gustave qui, à ce contact inattendu, sentait des fourmillements l'envahir. Depuis la mort de la vieille Elise il n'avait jamais ressenti, d'aussi près, la chaleur revigorante d'une femme. Il en avait comme des étourdissements.

« Dommage qu'elle soit aussi nouère ! »

Mais ces mains, à l'intérieur si roses, lui évoquaient d'autres roseurs possibles. D'autres douceurs. Sa vieillesse si rude, si desséchée, se requinquait.

En plissant les yeux, il regardait Aïcha, indifférente à ce trouble qu'elle ne percevait pas, tout occupée à panser ce genou. Il la regardait, étonné de la découvrir femme, belle femme aux formes affriolantes. Ernest avait rapporté de la colonie du beau gibier.

L'au-delà des mers… qui s'en préoccupait ? L'océan était tout proche de cette colline du bocage et le père Gustave, pas plus qu'Alfred, pas plus que la bru, n'auraient eu l'idée d'aller voir à quoi ça ressemblait.

Au village, ni le maréchal-ferrant, ni le cantonnier, ni le maçon à la blouse tachée de plâtre, ni le sabotier, ni le toucheur de bœufs du grand domaine, ni Clovis qui se contentait d'être bon à rien, tout le monde tournait le dos à la mer. En bordure de l'Océan, les maisons des pêcheurs n'ouvraient elles-mêmes leurs volets que du côté de la terre, du côté des prairies, derrière les dunes. Le vent, la pluie en bourrasques, la grêle, l'orage, toutes les calamités venaient du côté de la mer. La mer était maudite. On l'entendait parfois hurler, de très loin. On savait qu'elle engloutissait des navires, qu'elle déferlait parfois sur la côte en mugissant comme un troupeau de bœufs ensorcelé. On se détournait des veuves aux voiles noirs qui mendiaient leur pain en disant que la mer avait arraché leurs hommes.

Ils ne savent pas ce qu'il y a au-delà des mers, ronchonnait Ernest. L'envie de le leur dire, de leur crier, le tarabustait. Au cabaret du maréchal-ferrant, on lui coupait maintenant la parole dès qu'il abordait le chapitre des colonies. On se moquait. On lui demandait si sa négresse ne lui donnait pas des idées noires.

Mais les soirs où Ernest ne venait pas, l'ambiance était moins gaie.

Il savait que l'on se moquait de lui et cependant il ne pouvait s'empêcher de descendre vers la forge. C'est l'atelier qui l'attirait et non le cabaret. Il ressentait de l'amitié pour ce petit homme rubicond aux grosses mains blessées. Pourtant le maréchal n'était pas causant. La forge retenait toute son attention. L'enclume, sur son billot de bois, semblait pour lui le centre de l'univers. Il tournait autour, avec ses lourds marteaux, ses pinces, ses tenailles. Il était toujours occupé. Lorsqu'on ne lui amenait pas des chevaux à ferrer, il forgeait des houes, des pelles, des serpes, des pioches, des faux, cerclait des tonneaux. Il travaillait même le dimanche matin, car les paysans amenaient leurs chevaux en allant à la messe et qu'il y avait toujours des vieux fers à arracher. Seul le vendredi saint le mettait au chômage. On ne forge pas de clous le jour où le Seigneur a été cloué sur la croix.

Ernest s'attardait dans l'atelier du maréchal. Il s'approchait de la hotte qui recouvrait le foyer, regardait l'artisan rogner, forger, râper, manier avec dextérité les tranchoirs à corne, les lancettes, les ciseaux.

Profitant d'une pause, où le maréchal reposait ses couteaux de feu, il lui dit :

– Moi, je sais ce qu'il y a au-delà de la mer.

– Qu'est-ce qu'il y a de si beau ? demanda le maréchal.

Ernest avait tant à dire qu'il ne savait par où commencer. Si bien qu'il resta muet.

– Eh bien, reprit le maréchal, tu vois qu'il n'y a rien.

– J'y suis allé.

– Et tu en es revenu, gros Jean comme devant.

Les images affluaient dans la pensée d'Ernest, trop d'images en même temps. En rafales, il revoyait au fin fond du Congo des négresses nues ornées de colliers de dents humaines, des maisons de boue rouge au Niger, des sables jaunes au Tchad, des huttes de branchages, l'eau boueuse des fleuves, les fauves, les serpents, trop, beaucoup trop de souvenirs cuisants, cuisants comme le soleil équatorial.

– L'homme blanc est comme un dieu, finit-il par dire en hésitant. Il règne sur une population soumise. Rien n'est comme ici.

Le maréchal le regarda, surpris.

– Tu parles bien, quand tu veux. Mais tu ne dis que des fariboles. J'ai déjà entendu des messieurs qui m'amenaient des beaux chevaux et qui parlaient comme dans les livres. Tu leur ressembles. Et pourtant tu n'es pas un monsieur. C'est pour ça que tu agaces la clientèle. Il ne faut pas vouloir péter plus haut que son cul.

Ernest, comme Alfred, lisait les journaux. Plus souvent qu'Alfred puisque ce dernier ne ramenait un journal que les rares fois où il descendait au village. Ernest, le mégot aux lèvres, lisait lentement les feuilles qu'il dépliait sur la longue table, au grand agacement d'Emilie.

Il n'y avait jamais, dans les journaux, ce qu'il cherchait. On y commentait les nouvelles locales, les mariages, les décès, les assemblées agricoles. C'était comme si l'Afrique n'avait pas existé. On y parlait parfois du Tonkin, du Laos, de la Cochinchine, mais du Congo, bernique ! Il en avait des sueurs froides. Il n'aurait pas ramené Aïcha qu'on l'aurait pris pour un menteur. Il voyait bien que, même avec ce souvenir d'Afrique, on doutait de ses aventures.

C'est que l'on n'aimait pas l'aventure. Non seulement l'aventure est invraisemblable, mais elle dérange la placidité des choses. Lorsque Ernest s'obstinait à vouloir raconter la colonie, après un bref moment de surprise chez l'auditeur, tout se détraquait. Ernest ne marchait pas à la bonne heure. Son récit boitait. Bientôt, on glissait dans le doute et on ne l'entendait plus. Il parlait dans le vide.

Ernest s'arrêtait brusquement, avec l'impression de tomber dans un fossé.

8

Il y a bien longtemps que le vieux Gustave n'avait connu pareille douceur

Il y a bien longtemps que le vieux Gustave n'avait connu pareille douceur. Les emplâtres posés par Aïcha, ses doigts agiles, la roseur du creux de ses mains, son souffle tiède, ses yeux noirs si ronds et si rieurs, il se laissait couler dans le bien-être. Son genou se dégonflait lentement et il pouvait de nouveau marcher. Mais il ne se pressait guère. Il ne se souvenait pas d'avoir ainsi pris plaisir à rester immobile. Il sortait à pas lents de la grange, s'asseyait sur une vieille auge creusée dans un bloc de pierre et regardait le temps passer.

En réalité, c'était Aïcha qu'il guettait, ses allées et venues, avec ce petit bruit caractéristique du froissement de l'étoffe de son boubou.

Il savait que cet émoi n'était que le pâle soleil d'un temps d'arrière-saison, que sa vie d'homme, sa vie de mâle, n'était plus qu'un souvenir. La sensualité joyeuse de cette grosse femme enjouée n'arrivait pas à ressusciter sa sexualité endormie.

Il s'assoupissait passivement dans sa vieille carcasse.

Et, dans cet engourdissement, son passé remontait. Elise, si ronde lorsqu'elle était jeunette et si desséchée lorsqu'elle le quitta, les poufiasses des bordels au temps du régiment, grasses comme Aïcha, les conscrits qu'il avait perdus lorsqu'il s'était fixé en haut de la colline.

Les conscrits qu'il avait perdus... L'un des drames de la vieillesse n'est-il pas justement de se retrouver au bout de la vie tout seul, les compagnes, les compagnons de toute une existence s'étant volatilisés en cours de route. Le vieillard qui survit est un naufragé sur une île déserte.

Le père Gustave, du fait de son isolement, n'avait pas beaucoup d'amis à regretter. Mais les quelques-uns dont il se souvenait lui manquaient. Lui manquaient d'autant plus qu'ils étaient peu nombreux.

L'arrivée inopinée d'Ernest et d'Aïcha l'avait

contrarié. Il ressentait toujours une certaine hostilité pour ce fils prodigue, mais maintenant Aïcha le réconfortait.

Réconfortait ou troublait ?

Les deux, sans doute.

Il somnolait sur son auge de pierre. Le chien, allongé à ses pieds, le regardait de temps en temps avec inquiétude. Pourquoi ne bougeait-il pas ? Pourquoi n'allait-on pas se promener ?

A la tombée de la nuit, le vin servi dans un pichet de grès sur la table, leurs verres en main, Alfred et Ernest tenaient de longs conciliabules. Ils parlaient à voix basse, si basse que le vieux Gustave, dur d'oreille, n'arrivait pas à suivre leurs discours.

Qu'avaient-ils donc à se dire ? Le vieux Gustave n'avait jamais été bavard. Alfred non plus. Aussi renfermé que son père, aussi méfiant. Alors pourquoi, tout à coup, cette familiarité ? Il savait bien que le vin délie les langues. Il en avait fait l'expérience, au temps du régiment. Ce qu'ils pouvaient bavarder, tous ces cambroussards qui ne disposaient pourtant que d'un vocabulaire infirme !

En retournant sur sa terre, le père Gustave s'était muré dans le silence. Son silence était d'autant plus précieux qu'il lui permettait d'écouter (aujourd'hui qu'il en avait le temps) tous les murmures du vent, de la pluie et même la respiration du sol. Il était perpétuellement à l'écoute. Le merle, la mésange, le coucou, l'alouette, la fauvette, le rossignol, lui transmettaient leurs messages. Les arbres, eux-mêmes, parlaient. Les hêtres, les chênes, les trembles, les bouleaux, les charmes, les ormes, chaque frondaison avait son langage et ses signes.

Parfois la terre craquait, par coups secs, comme une étoffe qui se déchire.

A quoi bon parler quand la nature entière vous fait ses confidences ?

Il se souvenait maintenant que le petit Ernest était déjà bavard et que ce bavardage l'exaspérait. Il se demandait de qui il tenait ce besoin de parler pour ne rien dire. Pas de la vieille Elise, aussi muette qu'une taupe. Il avait été content de gager si vite ce fils étrange pour se débarrasser de son bagou. Et voilà qu'il revenait encore plus discoureur. Il allait contaminer Alfred qui perdait son temps à l'écouter.

L'hiver se terminait. Cette cohabitation ne pouvait durer. Avec le printemps il les mettrait à la porte, lui et sa négresse.

En même temps qu'il prenait cette résolution, un petit pincement au cœur lui disait qu'il aimerait bien garder Aïcha. Si douce et si silencieuse, elle s'était vite habituée aux travaux de la ferme. La roseur du creux de ses mains le troublait délicieusement.

En avril, la nature se réveille. Les primevères et les boutons-d'or dans les champs, le colza dans les sillons, les pommiers dans les vergers se mettent à fleurir.

Alfred tarabustait Ernest pour qu'il l'aide à planter les pommes de terre, à tailler la vigne, à faucher de l'herbe fraîche pour les vaches. Mais Ernest manquait d'entrain. Il se levait de plus en plus tard, rejoignait son frère en traînant les pieds. Tous ces travaux, sans cesse recommencés, l'ennuyaient.

L'hiver avait été trop long, trop glacial, trop triste. Même si, certains jours, les abords du printemps apportaient une certaine moiteur, il continuait d'avoir froid. Il n'avait pas besoin de se répéter le vieux dicton : « En avril ne te découvre pas d'un fil. » Il claquait des dents alors qu'Alfred se mettait en bras de chemise pour manier la faux.

« Ils ne savent pas qu'aux colonies il fait toujours chaud. »

Le soleil, qui l'avait si souvent harassé lorsqu'il vivait en Afrique, la fièvre qu'il avait rapportée de ce mauvais climat, il ne s'en souvenait plus. Il ne se souvenait que des bienfaisantes siestes à l'ombre des baobabs.

A la tombée du jour, le vieux Gustave regardait la lune avec appréhension. Si elle brillait trop il fallait s'attendre à ce que les bourgeons roussissent. Les récoltes n'étaient pas assurées tant que la lune rousse n'était pas passée.

Cette lune rousse qui faisait les frais de la conversation exaspérait Ernest. Que parlait-on de la lune alors que le soleil lui manquait tant !

– Les gelées d'avril bousillent les fleurs des arbres fruitiers, lui rappelait Alfred.

Ernest exécrait ces nuages gris qui obscurcissent le ciel et ces giboulées d'eau glacée qui les surprenaient dans les champs.

Le vieux Gustave, lui, se frottait les mains, répétant que les pluies d'avril sont bonnes pour le blé.

Il avait repris ses longues marches dans la colline, en compagnie du chien. Le coucou, dans les bois, le saluait à sa manière. Aussi loin qu'ils allaient, les braiments de l'âne les poursuivaient. Des braiments aigus, inhabituels, comme les coups de lame des scieurs de long.

– Le voilà qui veut une femelle, ronchonnait le vieux Gustave. Et moi, alors, est-ce que je me mets à braire !

Ernest ne retournait plus le soir au cabaret qui jouxtait la forge. On ne l'accueillait pas mal, mais on se moquait de lui, ce qui était pire. On était même content de le voir parce qu'il égayait la veillée.

Il recevait les moqueries sans broncher, amer, découragé. Il se répétait : « Ils ne savent pas ce qu'il y a au-delà de la mer, et ils s'en foutent. »

De temps en temps, il s'obstinait à rendre visite au maréchal, l'observant en silence, qui déferrait un sabot en faisant sauter les rivets. Parfois, le cheval s'affolait par l'odeur de corne brûlée, par la fumée, par les coups sur l'enclume et Ernest se précipitait pour le calmer en lui tapotant les joues.

Le maréchal, amusé, le regardait en plissant ses petits yeux.

– Toi aussi, tu n'aimes pas être attelé. Et pourtant, l'armée, quel brancard !

Ernest ne savait que répondre.

– Tu es parti d'ici en courant, reprit le maréchal. Tu courais pour échapper à la misère. Mais la misère ne nous lâche jamais, nous autres. Elle t'a rattrapé là-bas.

– Non.

– Alors elle te rattrape ici. Tu es venu te jeter dans la gueule du loup. Que fais-tu là-haut, chez ton vieux père qui crie misère depuis une éternité ?

Que fais-tu là-haut ? Ernest aurait été bien ennuyé de répondre. Plus les mois passaient, moins il savait ce qu'il était venu faire chez son père, et pourquoi.

Sinon la surprise, la malignité de s'amener sans crier gare, avec une compagne indigène et l'orgueil d'étaler ses galons de sergent. Sinon la revanche du fils rejeté de la ferme familiale et qui revient exiger sa part.

Mais la surprise s'était émoussée. Les galons dorés se ternissaient sur ses manches et les travaux agricoles le bassinaient. Jusqu'à Aïcha qui commençait à lui peser, trop vite acclimatée à la ferme et qui, par là même, perdait de ses vertus exotiques.

Que fais-tu là-haut ? Il avait de plus en plus envie de descendre au village, traînait dans les rues, cherchait à causer avec des inconnus.

Coiffé de son képi noir orné d'une ancre de marine défraîchie, il paradait ainsi, affirmant sa singularité avec quelque provocation.

Certains se détournaient, d'autres le saluaient avec amusement :

– Alors, la colonie, on se la coule douce ?

Qu'il soit pensionné suscitait une jalousie aigre. Et, en même temps, une certaine considération.

Ce matin-là, le vieux Gustave était parti de la ferme sans le chien. Il avait son idée. Boitillant un peu, avec ce genou dégonflé mais qui restait douloureux, il traversa les chemins boueux, monta à travers la prairie où ses vaches, surprises, l'observèrent en mâchonnant leur herbe. S'engagea dans les broussailles, contourna un labour et s'arrêta près d'un buisson.

Regardant autour de lui, il hésita puis, d'un mouvement brusque, s'allongea sur l'herbe tendre.

Depuis ce jour où le chant de la terre était monté vers lui, en lui, depuis que les murmures du sol lui avaient révélé l'existence d'un monde insoupçonné, il n'avait cessé de penser à ce moment miraculeux. Sans oser le provoquer de nouveau. L'hiver, il est vrai, se prêtait peu à ces manigances. Et l'idée de s'étendre sur le sol comme un malade, comme un blessé, comme un mourant, lui causait un vrai malaise. Non pas que, au cours de sa longue vie, il ne se soit jamais laissé aller à se coucher près d'un bosquet. Mais, souvent, il ne s'y était abattu que brisé par la fatigue, lors des moissons, dans de bienveillantes siestes à l'ombre des paillers. Comment aurait-on pu, alors, écouter le chant de la terre, anéanti par trop d'efforts !

Et avant, dans sa jeunesse, les filles culbutées à l'orée des prairies, leurs cris, leurs rires, n'empêchaient-ils pas d'entendre autre chose que le battement de son cœur, et du leur ?

Là, il n'y avait que lui et cette nature étrange, cette nature dans laquelle il s'était investi pendant toute sa vie, mais dont il n'avait jamais entendu le chant subtil, venant des profondeurs du sol.

La terre allait-elle lui parler encore ? Ou n'était-ce qu'un souvenir fantasque ? Il se laissa couler dans l'abandon de son corps. Et, lentement, les murmures des profondeurs le submergèrent. Il y avait, sous ces herbes, sous cette croûte terreuse, une vie intense. A laquelle répondait, dans les buissons, l'exubérance du chant des insectes, des oiseaux et des feuillages eux-mêmes, animés par la brise.

Le vieux Gustave se laissait pénétrer par cette symphonie, se laissait porter par elle. Il avait l'impression de flotter. Son corps ne lui appartenait plus. Il s'insérait dans ce grand rythme de l'univers. Un bonheur immense l'envahissait. Il n'était plus ce vieillard à la marche craintive. Il n'avait plus d'âge. Il était hors du temps.

C'est alors qu'il lui aurait été doux de mourir. Mais la mort ne se commande pas. La mort ne voulait pas de lui. Pas encore.

Il se releva tout étourdi, un peu chancelant.

Le chien, qui le cherchait depuis l'aube, arriva en trombe, gémissant de plaisir. Et le chant de la terre s'interrompit.

9

Mai n'est-il pas le plus beau des mois ?

Mai n'est-il pas le plus beau des mois ? Les jours s'allongent, les feuilles s'ouvrent, les cerisiers deviennent blancs comme neige, les blés montent. Les frelons et les guêpes bourdonnent. Les hirondelles arrivent pour maçonner leurs nids sur les poutres des greniers.

Les nuits sont fraîches mais, à midi, le soleil tape dur. Trop dur pour le père Gustave qui se lamentait d'une possible sécheresse, les pluies de mai étant bonnes pour le foin.

Ernest répliquait que le vieux n'était jamais content. Assis sur la margelle du puits, il guettait les rayons du soleil trop souvent obscurcis par les nuages. Il se laissait pénétrer par cette douce chaleur qui le revigorait.

Gustave marchait en boitillant, tournait autour du puits, ronchonnant, exaspéré par la nonchalance de son fils, alors qu'il fallait sarcler les froments, bêcher la vigne. Désherber, biner, gratter, la terre n'attendrait pas.

Ernest, se répétait-il, n'était plus une aide à la ferme. Il encombrait. Pire, son indolence contaminait Alfred qui se mettait lui aussi à traînasser.

Le vieux Gustave s'était promis de se débarrasser d'Ernest au printemps. Le printemps était là. Alors pourquoi tardait-il tant à mettre son projet à exécution ?

Il ne voulait pas se l'avouer, mais savoir qu'il perdrait en même temps Aïcha le retenait. Il avait fini par oublier cette insolite noirceur, ne voyant plus que les alléchantes rondeurs. Cet invraisemblable arrière-train qui gonflait le boubou et cette poitrine affriolante.

Lui qui, depuis longtemps, ne rêvait plus la nuit, dormant d'un sommeil lourd, se mettait à voir en songes d'énormes courges qui se métamorphosaient en paires de fesses. Des truies, obscènes, venaient le chevaucher, lui chatouillant le visage de leurs tétines. Vaches, chèvres, tout était prétexte à mamelles fantastiques. Il se levait à l'aube, ébaubi, étonné de ne trouver dans sa culotte qu'un robinet informe recroquevillé comme un escargot.

Ce qui lui rappelait, s'il en était besoin, que son temps de surchauffe n'existait plus.

Il en ressentait d'autant plus d'amertume qu'il avait remarqué qu'Alfred n'était pas non plus insensible aux charmes plantureux d'Aïcha. Il l'avait même découvert qui se cachait derrière les palissades ajourées de la grange pour lorgner la négresse pendant ses ablutions. Il avait entendu Emilie lui reprocher de la délaisser, menaçant de faire bouffer de la mort-aux-rats à l'étrangère.

Pire, il avait surpris une curieuse conversation entre les deux frères.

Ceux-ci s'étaient retrouvés dans un champ de luzerne et ne l'avaient pas vu, arrêté derrière un buisson. Comme il lui avait paru qu'ils manigançaient quelque chose, il ne s'était pas approché.

Ils avaient l'air de faire un marché. Mais que pouvaient-ils bien négocier ?

– Si tu la veux, je te la cède, disait Ernest.

– Tu n'es pas marié ?

Ernest s'esclaffa :

– Là-bas, tu sais, les femmes s'offrent ou on les prend de force. On est les maîtres. Elles se baladent à poil dans les villages. Elles sont à qui les veut. Dociles. Je l'ai achetée à son père pour une poignée de sel.

– Tu racontes des blagues.

– Tope là...

Le vieux Gustave n'entendit pas la suite, les deux hommes s'étant éloignés vers le grand noyer qui recouvrait de son ombre le versant du champ.

Horrifié, en sachant assez, il lui fallait vraiment reprendre les choses en main pour éviter qu'Ernest contamine définitivement Alfred.

Il avait toujours été autoritaire, mais avant l'arrivée inattendue d'Ernest il laissait Alfred mener la ferme à sa guise. Le honteux marchandage entre les deux frères lui dévoila l'abîme vers lequel la borderie allait glisser. Il devait arrêter ça, reprendre la barre.

Il se mit à tout vérifier, s'aperçut qu'Emilie elle-même prenait un moins grand soin du beurre et du fromage.

Mais elle, qui avait toujours été déférente

pour son beau-père, le prit mal et, à sa grande surprise, l'envoya bouler.

– Je ne te reconnais plus. Toi qui étais si méticuleuse...

– A quoi ça sert ? Vous n'en avez que pour la négresse. Tous que vous en êtes.

– Voyons, Emilie...

– Ah ! ne faites pas l'imbécile. Je vous ai bien vu qui tourniez autour. Si c'est pas malheureux à votre âge.

Toujours l'âge, comme un boulet de forçat au pied.

– Nom de Dieu de bon Dieu ! s'exclama Gustave. Vous me bassinez avec mon âge. J'ai encore la cervelle plus fraîche que vous tous et je vous en remontrerai.

Il sortit de la souillarde furieux, vit Alfred dans la cour qui traînait ses savates.

– Que fais-tu là ? Tu attends les saints de glace ? Tu pries Mamert, Gervais, Pancrace ?

Alfred, surpris par cette mauvaise humeur, répliqua qu'il cherchait Ernest pour qu'ils aillent ensemble sarcler les blés.

– Laisse Ernest tranquille. Ce n'est pas pour toi un bon exemple.

– Vous me parlez comme si j'avais douze ans.

– Mais oui, tu as douze ans. Tu n'es qu'un gamin qui te fait conter faribole par ton mauvais frère.

– Vous avez été bien dur pour lui.

Le vieux Gustave en eut la gorge tout asséchée. Il éructa :

– Ne l'attends pas. Va tout de suite travailler.

Alfred obéit, en regardant néanmoins son père d'un œil mauvais.

Il faudrait donc toujours lutter, lutter contre le temps (le mauvais comme le bon, le froid comme le chaud, le venteux, le neigeux, le sec, l'humide, le brouillasseux, le grêleux) ; lutter contre le lierre et les ronces, contre le chiendent, les herbes-aux-teignes, la folle-avoine qui infecte les sols, l'ivraie qui se confond avec les grains de seigle ; il faudrait donc toujours se blesser les mains en arrachant les chardons et les orties ; lutter contre les bosquets qui grandissent, qui deviennent châtaigneraie, chênaie, forêt qui se met en marche et menace de vous engloutir ; lutter contre la terre qui s'assèche, qui s'envase ; lutter contre les corbeaux et les renards ; lutter contre ses proches, contre soi-même, contre la vie qui passe, contre la fatigue, la vieillesse, l'ennui, la désespérance...

Gustave se reprochait de s'être laissé aller, de s'être déchargé sur Alfred, d'avoir pris goût au repos, d'avoir écouté avec trop de plaisir le chant profond de la terre.

Une poussée de sève dans son vieux corps lui donna l'illusion de redevenir le maître.

Il marchait autour de sa ferme à grandes enjambées, voulant tout revoir, tout vérifier. Le chien le suivait en gambadant.

Enervé, angoissé, il lui arrivait de tituber. Il n'en parcourait pas moins son petit domaine à la hâte, croyant tout remettre en marche.

Butant contre une racine qui émergeait du sol, il s'affala et se releva la figure ensanglantée.

Revenu à la ferme, il rencontra d'abord Emilie qui se mit à crier comme une folle et tourna les talons. Aïcha, alertée par ces lamentations, courut chercher un linge, poussa le vieux Gustave vers le puits et, à grande eau, lui nettoya la face.

Son corps tendre réchauffait les muscles endoloris du vieillard. Elle épongeait, avec le linge trempé, le visage tuméfié de Gustave. Assis sur ses genoux, il se laissait faire, comme un enfant, goûtant voluptueusement le contact de cette chair si douce.

Est-il possible, songeait-il, qu'Ernest l'ait achetée pour une poignée de sel ? Pour une poignée de sel... Ridicule... Il plaisantait, bien sûr. Mais que trafiquaient ses deux fils ?

Et voilà qu'il ne tenait plus debout. Le sang continuait à couler de son front. Aïcha, patiemment, l'épongeait.

Les enfants d'Alfred et d'Emilie, eux aussi, avaient été gagés. On n'en parlait jamais. On ne les voyait jamais. C'est comme s'ils n'existaient pas. L'aîné gardait des troupeaux dans la plaine. Les deux filles, placées dans des familles bourgeoises de la sous-préfecture, stupéfaites, y avaient découvert un tel confort, même logées dans les combles, qu'elles s'étaient empressées d'oublier la masure du haut de la colline.

Emilie avait souffert de ces séparations brutales. Elle avait d'abord tenté de prendre des nouvelles de ses enfants puis, leurs réticences à lui répondre, l'éloignement, la difficulté à s'exprimer par courrier, l'abrutissement du dur labeur journalier, finirent par rejeter la couvée dans les oubliettes.

Enfin, pas vraiment. Emilie n'oubliait pas ses enfants, mais Alfred et le père Gustave lui enlevaient l'envie d'en parler.

– Ils sont partis comme Ernest, disait le vieux Gustave. Eux aussi feront leur vie.

Jamais il n'avait été envisagé qu'Ernest, ni aucun d'entre eux, puisse revenir, sinon incidemment, pour souhaiter le bonjour.

Le bonjour d'Ernest avait été démesuré. Si inattendu, si rapide, si insolent, que Gustave et les siens en restaient baba.

– Peut-être que nos drôles feront comme Ernest, espérait Emilie. On les verra débarquer un jour et il ne repartiront plus.

A quoi Alfred répliquait que ça ne servait à rien de dire des sottises.

Il n'avouait pas à sa femme qu'Ernest lui

avait vivement reproché d'avoir gagé si vite ses enfants.

– Moi, lui avait-il dit, la mère je l'aimais bien. Le père m'en a privé. Je ne le lui pardonnerai jamais.

– Alors, pourquoi es-tu revenu ?

– Comme ça, pour voir.

– Tu as voulu montrer tes galons, ta belle femme, et finalement tu te retrouves bouseux, toi aussi. Avec Aïcha, tu nous en bouchais un coin et, en définitive, tu ne sais plus qu'en faire. Ça t'arrangerait bien de me la refiler.

– Ça t'arrangerait aussi.

– Ne dis pas de bêtises. Nous autres, la vie décide pour nous et on ne peut plus rien changer. Que ça nous plaise ou pas.

– En réalité, ça ne vous déplaît guère. L'aventure, vous ne savez pas ce que c'est. Vous êtes plantés dans la terre et n'en bougez plus. Si tu savais tout ce que j'ai vu, tout ce que j'ai vécu...

– A quoi ça t'avance ?

Oui, à quoi ? Ils ne pouvaient pas comprendre, ni Alfred, ni ceux du village. Ils ne savaient pas ce qu'il y a de l'autre côté de la mer et n'avaient aucune envie de le savoir.

En marchant à travers champs, il avait rencontré une fois une brûleuse d'herbes, si noircie par la fumée qu'il avait cru retrouver une moricaude et qu'il s'en était approché avec allégresse.

Il avait tant ri de sa méprise que la paysanne, croyant qu'il se moquait d'elle, l'avait menacé de sa fourche. Il en riait encore, ne comprenant pas comment il avait pu confondre cet épouvantail avec une de ces créatures d'Afrique, au corps d'ébène, dont les seins nus s'offraient comme de beaux fruits des tropiques.

Des fruits savoureux, mûris hâtivement, que ces filles nubiles qui faisaient la retape aux abords des bivouacs, petits singes qui se glissaient entre les palmes, comme des reptiles.

Petits singes ou tigresses... Combien de camarades que l'on avait entendu s'en aller avec des sauvageonnes, dont les anneaux d'ivoire aux chevilles cliquetaient, et qui ne revenaient jamais. On retrouvait leurs cadavres éventrés, dévorés à demi par les hyènes, les yeux bouffés par les vautours.

Il en avait tant vu en Afrique, il y avait tant souffert, tant ruminé, tant dégueulé de détresse, qu'il ne se souvenait plus que des choses heureuses.

Il ne se souvenait plus de toutes ces années où il en avait bavé, comme soldat de première classe. Première classe ! Et avant, troupier malmené, injurié, flanqué en cabane, n'y comprenant rien puisque devant tout apprendre. Passer des sabots aux brodequins, du patois au cocorico, de la désinvolture à la discipline.

Il avait beau dire qu'il savait ce qu'il y a de l'autre côté de la mer, il avait fallu qu'il y aille à coups de pied au cul. Ah ! ce premier bateau du départ, comme il lui avait fait peur ! Cette masse d'individus sur le pont. Ces matelots crâneurs, ces commerçants et ces fonctionnaires méprisants, ces tirailleurs aux chéchias rouges, ces zouaves bravaches, cette impression d'être perdu dans un milieu hostile, puis le mal de mer qui vous retourne l'estomac, ces sous-offs qui hurlent... L'aventure, à ses débuts, a un goût rance.

Avec ses galons de caporal, il s'était cru sauvé. Caporal, il l'était resté pendant huit ans.

Ses fantasmes de pauvre s'en étaient accommodés. Le dépaysement, la luxuriance équatoriale, cette richesse d'une nature prodigue, avaient fait le reste.

La colonie c'était la fuite, l'espoir et le rêve. Il n'avait jamais regretté d'avoir fui sa cambrousse. L'espoir de monter en grade fait avaler toutes les couleuvres. Et l'absinthe conforte le rêve.

« Ils ne savent pas ce qu'il y a au-delà des mers. »

Lorsqu'on y est allé, on ne peut oublier. Ce n'est pas un souvenir, c'est une maladie. Les chants des pagayeurs dans les longues pirogues qui remontent les fleuves, le tam-tam dans la forêt, les tambours, les arbres énormes, les lianes, les serpents, les singes qui sautent dans les plus hautes branches, tout cela ne vous quitte plus. Vous n'entendez plus rien d'autre, vous ne voyez plus rien d'autre. Vous n'êtes plus ici, mais là-bas.

10

La fenaison, en juin, apporta dans la ferme...

La fenaison, en juin, apporta dans la ferme du haut de la colline comme une sorte de récréation.

Emilie et Aïcha, coiffées de grands chapeaux de paille, s'étaient noué un mouchoir rouge autour du cou. Elles retournaient les andains en batifolant. C'était bien la première fois qu'elles travaillaient en ayant l'air de s'amuser. Enfin, Emilie, car Aïcha avait toujours l'air de s'amuser.

Alfred battait la lame de sa faux sur la pierre à aiguiser accrochée à sa ceinture dans une corne de vache. Ernest plaçait des bouteilles de vin à rafraîchir dans un ruisseau.

Il faisait déjà très chaud. La belle saison mettait tout le monde de bonne humeur.

Le vieux Gustave était allé surveiller les blés.

Ce n'était pas le moment qu'il pleuve, avec ce foin à rentrer et ce blé à mûrir.

Qu'il pleuve à la Saint-Médard et quarante jours de mauvais temps s'ensuivent, sauf, bien sûr, si Saint-Barnabé lui coupe l'herbe sous le pied.

Depuis qu'il était redevenu le maître, le vieux Gustave s'affairait. Il pinçait les tomates, buttait les pommes de terre, nettoyait l'étable. Il s'agitait inconsidérément, oubliant son âge.

L'ennui, c'est que son âge ne l'oubliait pas.

Comme il n'était pas rentré pour le souper, on s'alarma. Alfred et Ernest, partis à sa rencontre, le trouvèrent étalé de tout son long dans le champ de pommes de terre.

On le ramena à la maison. On le coucha sur la paillasse de la grange.

– Occupe-t'en, dit Ernest à Aïcha. Tu t'y connais pour ressusciter les morts.

Elle le ressuscita, mais il n'était pas mort.

Il s'en tira avec, une nouvelle fois, le visage tuméfié et des douleurs dans tous les membres.

Chaque année s'ouvrait au village le marché aux chiffons. De tout le département, les marchands arrivaient dans de petites carrioles, traînées par des ânes ou par des chiens. Ils dressaient leurs éventaires sur le champ de foire. Les odeurs de toute cette accumulation d'étoffes n'arrivaient pas à faire oublier le relent des déjections d'animaux qui, de foire en foire, saturaient le sol.

Une lente procession de femmes aux coiffes de dentelles, enjuponnées de leurs meilleurs atours, un panier d'osier au bras, arrivait de toute la région. On se retrouvait autour des stands, familles ou connaissances, avec de grands cris de feinte surprise. Le marché aux chiffons était une occasion de rompre sa solitude. On s'interpellait, on riait, on pleurait parfois. Une immense clameur confuse s'élevait, montait jusqu'en haut de la colline où Emilie, alertée, chaussait ses jolies bottines noires et s'empressait de descendre vers la fête.

A part la messe du dimanche, rares étaient pour elle les occasions d'échapper à la routine de la ferme.

Au fur et à mesure qu'elle descendait par

l'étroit sentier aux chèvres, enjambant les échaliers, le brouhaha de la foire s'intensifiait. Aux cris, aux rires, aux appels, se mêlaient le braiment des ânes et les aboiements des chiens.

Lorsqu'elle passa près de l'atelier du maréchal-ferrant, celui-ci qui, sur le seuil de la forge attendait la pratique, la reconnut :

– Alors, comme ça, vous n'avez pas amené la négresse ?

Emilie le toisa dédaigneusement et ne répliqua rien.

La négresse, toujours la négresse ! Ce n'était pas assez de devoir la subir à la maison, voilà qu'on la lui servait lors de son escapade.

Elle cracha par terre, furieuse, et leva le bras vers le maréchal en un geste de malédiction.

Sur le marché, elle s'approcha des éventaires avec convoitise. Toutes ces cotonnades, ces lainages, ces tricots la projetaient hors du monde mesquin de la borderie. C'était là le domaine du surplus, de la mode, des colifichets, de l'aventure.

A chacun son aventure ! Celle de toutes ces femmes, qui frémissaient de plaisir en farfouillant les étoffes, n'était pas la même que celle d'Ernest. L'aventure était moins lointaine, moins chimérique. Mais c'était quand même une aventure que de faire de si longs chemins, à pied, pour venir froisser dans ses mains des étoffes neuves. Des étoffes souvent trop chères pour leur budget et qui demeureraient du domaine des rêves.

Et l'aventure, c'étaient aussi les rencontres, les rencontres espérées et les rencontres inattendues. Assez vite, Emilie fut apostrophée par des commères qui ne trouvèrent rien de mieux que de lui parler de la négresse. Décidément, l'Africaine constituait une nouveauté et une intrigue qui avait fait le tour du département.

On ne la laisserait donc jamais tranquille avec cette intruse ? Le vieux Gustave qu'elle dorlotait, son mari qui la reniflait comme une chienne en chaleur et le bel Ernest qui, la nuit, la réveillait avec ses trémousseries.

Toutes ces pécores qui jacassaient comme des oies et lui répétaient : « Alors, comme ça, vous avez bien du mérite avec cette étrangère. » Bien sûr qu'elle en avait du mérite. Mais pour quoi faire ?

Une quinte de toux la plia en deux.

– Ah, ma petite, conclut la plus décidée des fermières, vous allez y laisser votre santé. Ressaisissez-vous, que diable !

On la cajola, on l'abreuva de bonnes paroles, on lui tapa dans le dos pour faire cesser la toux et, tout à coup, sans rime ni raison, on la laissa en plan.

Emilie, pleurnichant, abandonna le marché aux chiffons et remonta à la ferme par le plus long routin.

Ernest perdait son temps à tailler des manches d'outils dans le beau sorbier des oiseleurs qui dressait très haut ses branches vigoureuses, à mi-chemin de la ferme et du village.

Des manches d'outils, on en avait maintenant à revendre. Le vieux Gustave haussait les épaules devant une telle aberration. Personne, au grand jamais, n'avait acheté ou vendu un manche d'outil.

Toutefois, Ernest ne taillait pas des manches d'outils pour en faire un commerce. Il les coupait à grands coups de serpe pour se calmer les nerfs. Il faisait aussi des cordes avec cette clématite des haies plus communément nommée viorne-des-pauvres.

Il n'en pouvait plus de cette solitude, de cette incompréhension, de cette Afrique qu'il traînait comme une casserole à la queue d'un chien. Il avait cru, en ramenant Aïcha, emporter avec lui un morceau de la colonie, et s'apercevait qu'Aïcha s'adaptait si bien à la ferme du père qu'elle en oubliait sa négritude. Elle était la seule à l'oublier, mais c'était comme ça. Même Aïcha le délaissait.

Il taillait, croyait-on, des manches d'outils. En réalité, il façonnait des triques. Il avait tant manié le bâton aux colonies que les mains lui démangeaient. Un besoin de cogner, de se venger de l'abandon qu'il ressentait. Cogner sur qui ? Il avait bien envie, parfois, de bâtonner le père Gustave, de lui rendre les coups qu'il avait reçus, enfant gagé chez de mauvais maîtres. Mais un enfant, même un vieil enfant meurtri, ne lève pas la main contre son père. Frapper Alfred ? Ils étaient devenus un peu copains. Emilie ? Elle se mettait déjà à glapir dès qu'il s'approchait d'elle. Alors, histoire de se retrouver à la colonie, il frappait Aïcha qui encaissait en silence, la bastonnade relevant des us et coutumes de son pays.

Ernest avait au fond de lui une hargne qui venait de cette frustration d'avoir été enlevé si brutalement à l'affection de sa mère. Il avait dû subir, dès sa douzième année, la brutalité des grands valets. Il s'était durci à leur contact, s'était un peu recroquevillé pour mieux encaisser les coups, n'avait guère grandi en taille, mais s'était arrondi en une accumulation de muscles.

La vie coloniale fit le reste.

Le paludisme, la malaria, le typhus, le choléra, il avait dû lutter contre le climat. Les serpents, les moustiques, les fauves, les sagaies des indigènes, contrairement à ce que la nostalgie le poussait à dire, ses quinze années d'Afrique n'avaient pas été une promenade dans le jardin d'Eden.

Sa brutalité, la haine de son enfance, s'étaient accommodées du monde sauvage et cruel de l'Afrique. Lorsqu'il remontait les grands fleuves sur une canonnière, parmi d'autres soldats aussi effarés que lui, lorsqu'ils débarquaient dans des villages dépeuplés, seulement accueillis par des nègres en putréfaction empalés sur des pieux, ou qu'on leur apportait des corbeilles pleines de mains coupées, tout cela lui confirmait que le monde était mauvais, que le monde était horrible et que le seul plaisir que l'on pouvait en tirer tenait dans la chair moite des femmes enlevées bestialement dans des razzias orgiaques.

Les femmes étaient une proie facile, une proie obligée, et en même temps ces esclaves dociles devenaient de redoutables prédatrices. Leurs amants fanfarons, qui se croyaient les maîtres, subissaient avec elles la contagion de la négritude. Ils s'engourdissaient à leur contact, somnolaient, ne se réveillaient que harcelés par les officiers qui les menaient dans des expéditions stupides. Mais les officiers eux-mêmes, les planteurs, les fonctionnaires de la coloniale, tous étaient gangrenés par le sexe béant des femmes noires.

Ernest sentait bien qu'il ne s'en guérirait jamais. Aïcha s'était civilisée trop vite. Elle l'abandonnait dans son désœuvrement.

Redevenu le maître, le vieux Gustave avait réintégré son lit clos, dans la salle commune. Puisque, malgré ses mises en demeure, Ernest s'obstinait à rester, il l'avait obligé à prendre la paillasse de la grange. Evidemment, Aïcha l'avait suivi.

Le confort du lit clos l'empêchait de dormir. Sans parler de la toux d'Emilie qui lui rappelait désagréablement celle de la première femme d'Alfred, morte avant d'avoir enfanté.

Il restait aux aguets, épiant l'origine de tous les bruits qui s'accumulent dans la nuit campagnarde. Pendant que les hommes dorment, une face de la nature se réveille. Les génies nocturnes des champs et des bois s'appellent. Ce qui affole les chiens qui perçoivent leurs allées et venues et les menacent de leurs aboiements. Le vent siffle, les arbres craquent, les chouettes ululent, les grenouilles et les crapauds coassent, les grillons frottent leurs élytres. On entend au loin, venant de l'étang, le battoir des laveuse maudites qui savonnent interminablement les langes ensanglantés de leurs infanticides. On entend la chevauchée de ceux qui traqueront le cerf jusqu'à ce que le bon Dieu leur pardonne leurs blasphèmes. On entend même le gémissement de l'âme des trépassés qui n'ont pas trouvé de sépultures.

Autant le vieux Gustave avait été surpris par la douceur du chant de la terre, autant il redoutait le chant de la nuit. Jadis, brisé de fatigue, il ne l'entendait pas. Son profond sommeil effaçait ces rumeurs. Mais lorsque l'on s'approche de la mort, celle-ci agite ses grelots. Elle vous envoie tous les messages de l'au-delà. Elle vous tient en éveil pour que vous soyez prêt à l'accueillir.

Le vieux Gustave était prêt. Toutefois, avant de partir il voulait mettre de l'ordre dans sa maison.

A trop vouloir faire, il ressemblait un peu à la mouche du coche. Il s'agitait trop, que c'en était ridicule. La vieillesse a encore ce travers de tomber facilement dans le ridicule. Alfred exécutait ses directives en hochant la tête de commisération. Ernest clignait de l'œil et ils échangeaient tous les deux un malin sourire. Si le père Gustave avait repris son autorité, elle ne faisait illusion qu'à lui-même.

A trop se démener, il écopait de tremblements. De fatigue ou de rage.

Sa ferme, qui lui avait toujours paru si petite, devenait trop grande. Il arpentait sa terre en geignant, traînait la patte.

Dès la fin du déjeuner, il s'endormait sur sa chaise. Lorsqu'il se réveillait brusquement, un peu hébété, il se retrouvait seul, chacun ayant repris son travail. Il n'y avait que le chien qui l'attendait patiemment et le regardait tendrement de ses gros yeux jaunes.

Ce soir-là Aïcha, qui ne se plaignait jamais, trouva à la soupe aux choux un goût bizarre.

Ils étaient tous attablés, rompus de fatigue. Le père Gustave ronchonna que jamais, au grand jamais, il n'avait connu d'autre goût à la soupe. Ernest regarda Aïcha, perplexe. Et Alfred, qui était assis près d'elle, préleva prestement une cuillerée dans l'assiette de sa voisine, la goûta et déclara que sa soupe avait en effet un goût inhabituel, mais pas désagréable. Sans doute l'assiette d'Aïcha avait-elle été mal lavée et il y restait d'autres effluves.

La première assiettée avalée, Aïcha en redemanda et Emilie s'empressa de lui présenter une nouvelle soupière.

Au milieu de la nuit, Alfred fut réveillé par une colique phénoménale. Il vomit par tous ses orifices, criant qu'on l'avait empoisonné.

– Pourquoi as-tu goûté de la soupe de la négresse ? lui dit Emilie. Si tu ne t'occupais pas autant d'elle, ça ne te serait pas arrivé.

– Quoi ? Non, tu n'as pas fait ça !

Il enfila prestement son pantalon et, malgré son délabrement, se précipita aussi vite qu'il put dans la grange.

Ernest et Aïcha dormaient profondément. Affolé par leur immobilité, Alfred les secoua vigoureusement.

– Qu'est-ce qu'il y a ? maugréa Ernest. On est en retard et le père n'est pas content ? Qu'il crève !

– Aïcha n'a pas vomi ? Elle n'est pas morte ? Secoue-la.

– Enfin qu'est-ce que tu fabriques ? Il fait nuit.

– J'ai peur qu'Aïcha soit empoisonnée. La

soupe, hier soir, qui avait un drôle de goût dans son assiette...

– Qui veux-tu qui l'ait empoisonnée ?

Aïcha, enfin réveillée, se dressa sur son séant, étonnée, mais souriante.

– Tu n'es pas malade ? demanda Alfred.

– Non. Pourquoi ?

Ernest qui, peu à peu, se désengourdissait de son profond sommeil s'écria :

– Quoi ? Ta femme a voulu empoisonner Aïcha et toi, benêt, tu as goûté à sa soupe... Et tu as failli crever pour une simple cuillerée... Aïcha, tu le vois, se porte comme un charme. La mort-aux-rats ne lui fait pas peur. Ni les rats, ni Emilie. Elle peut tout bouffer. Elle vous bouffera tous, toi, ta femme, le père, la ferme, les vaches, les cochons, les chèvres, tout... Regarde-la qui se marre... Elle est gentille, Aïcha, mais prenez garde, c'est une anthropophage ! Moi, il y a longtemps qu'elle m'a boulotté. Et maintenant elle me digère. Comme ces gros serpents qui avalent des lapins. Je suis ton lapin, hein, ma belle ?

Aïcha, dévêtue, le torse superbe, comme

un buste de marbre noir, regardait les deux hommes en plissant les yeux, imperturbable, ironique peut-être, en tout cas souveraine.

11

Émilie n'y comprenait rien

Emilie n'y comprenait rien. Elle avait saupoudré suffisamment de mort-aux-rats dans l'assiettée de soupe d'Aïcha pour qu'un bœuf en crève et la négresse ne s'en portait pas plus mal. Preuve qu'il y a de la diablerie chez ces gens-là.

Maintenant Alfred lui en voulait, l'imbécile qu'une simple cuillerée avait failli faire trépasser. Et Ernest la regardait d'une drôle de manière. Seul le père Gustave, qui ne soupçonnait rien, continuait à jouer les grands airs autoritaires, brouillon à force de vouloir tout régenter.

Aïcha poursuivait ses travaux habituels, comme si elle n'avait rien compris. Un imperturbable sourire égayait sa grosse tête ronde. Ce sourire effrayait Emilie qui y voyait de l'ironie ou de la provocation. Elle avait l'impression qu'Aïcha l'épiait et qu'elle lui planterait un jour dans le corps ce grand couteau avec lequel on saignait les porcs.

Emilie lui avait souvent répété qu'il ne fallait pas se servir de cet instrument pour la cuisine. Dès qu'elle avait le dos tourné, et si elle jetait un regard en arrière, elle la surprenait qui passait le fil de la lame sur sa main avec jubilation.

– Un jour elle me saignera, disait-elle à Alfred.

Emilie commençait d'ailleurs à saigner, crachant du sang avec cette toux qui lui déchirait la poitrine.

– Tu n'as pas de chance. Ta défunte femme est morte de la poitrine et moi je m'en vais... Mais si, mais si, j'ai voulu supprimer la négresse tant que j'avais suffisamment de courage pour le faire. Promets-moi que tu ne te mettras pas en ménage avec elle quand je ne serai plus ?

– Que vas-tu chercher là ? Et Ernest, qu'en fais-tu ?

– Oh ! lui, je n'en fais rien. Le jour où il est revenu a été une malédiction. S'il avait été seul, encore. Mais tu as compris ce qu'il manigance, toi ? C'est ta place qu'il veut. J'en suis sûre.

– Tu déraisonnes. Ernest n'est plus un paysan.

– Alors pourquoi s'incruste-t-il ici ?

Alfred ne sut que répondre. Il s'était habitué à la compagnie de son frère. Il y avait pris goût. S'il s'en allait, les soirées seraient plus tristes. Et il emmènerait Aïcha.

Ce n'est pas le remords de son acte qui taraudait Emilie, mais le regret de ne pas l'avoir réussi. Qu'Aïcha ne lui fasse aucun reproche la déconcertait. Lorsqu'elles se retrouvaient toutes les deux dans la cuisine, Emilie surveillait ses moindres gestes. Si Aïcha pénétrait à sa suite dans l'étroite souillarde, prise de panique, Emilie se cramponnait à la baratte. Puisque Aïcha avait conservé l'habitude de marcher pieds nus, on ne l'entendait pas venir. Seul le froissement d'étoffe de son boubou indiquait sa présence. Elle causait avec Emilie comme si de rien n'était. La plaignait pour sa toux. Regrettait de ne pas connaître ses enfants.

Emilie s'agaçait de ces allusions. Elle n'aimait pas que l'on évoque cet épisode de l'abandon de ses enfants qui lui faisait mal.

– Le grand-père est bien dur, disait Aïcha. Il a flanqué Ernest à la porte lorsqu'il était petit. Après, les vôtres, ça a été pareil.

– Mêlez-vous de ce qui vous regarde.

– Je vois bien que vous en souffrez. Vous n'auriez pas dû.

– Pourquoi vous n'en avez pas, vous, des enfants ?

Aïcha rit de son gros rire qui soulevait son énorme poitrine.

– Des enfants, moi, Ernest n'en veut pas. Il a peur que je les bouffe.

Elle plaisantait, bien sûr, mais Emilie le prit au sérieux. Elle prenait toujours tout au sérieux. Avant l'arrivé d'Ernest et de son Africaine, la vie à la ferme, il est vrai, manquait de fantaisie.

Maintenant, c'est d'air que l'on manquait. Si l'on peut parler de manque d'air lorsque l'on habite la campagne. Depuis l'empoisonnement raté, le climat de la ferme s'était empuanti. A part le vieux Gustave, tout le monde s'épiait.

Au souper, on regardait le contenu des assiettes avec perplexité.

– Alors quoi, disait Gustave, on n'a plus d'appétit ? Des mauviettes, oui, des mauviettes, voilà ce que vous êtes. Sauf Aïcha qui mange comme quatre et qui a bien raison. C'est une gaillarde, elle.

En prononçant ces paroles, il regardait la souffreteuse Emilie qui pleurnichait.

Ernest poussa son frère du coude et lui chuchota :

– Ta femme, tu n'arriveras pas à la vendre, même contre une vieille chèvre.

Alfred, vexé, sortit de table en emportant son pain.

Les veillées devenaient sinistres.

L'étrange c'est que le vieux Gustave ne s'apercevait de rien. Même pas de sa surdité arrivée insidieusement et qui lui épargnait les propos aigres tenus à table.

Premier levé, comme d'habitude, il faisait réchauffer sa soupe en cognant la casserole et l'assiette, de plus en plus fort, pour réveiller

Alfred et Emilie renfermés dans leur lit clos. Mais ceux-ci ne bougeaient pas, ne tirant le rideau que lorsqu'ils entendaient le père Gustave sortir dans la cour, en traînant ses sabots.

Une fois dehors, celui-ci scrutait le ciel, observait la forme des nuages et leur vélocité. Puisque, dans la nuit, il y avait eu de la rosée, la journée serait belle.

Il ouvrait à deux battants la porte de la grange, y prenait un râteau et observait Ernest et Aïcha qui dormaient paisiblement sur la paillasse. Il avait beau entrechoquer les outils, faire grincer la porte, le couple ne bronchait pas.

Le vieux Gustave, son râteau sur l'épaule, partait faner en maugréant. Il fallait qu'il les chasse, oui, tous les deux. Aïcha était une belle garce qui apportait le trouble avec sa sensualité sauvage. Il entendait mal mais il voyait clair. Même si Alfred n'osait pas y toucher, il s'amollissait rien qu'à la regarder. Et ce n'est pas Emilie, qui s'en allait de la poitrine, qui arrangerait les choses. Lui-même, tout vieillard qu'il était, s'était laissé tenter par Aïcha. Il fallait qu'il les chasse, oui, tous les deux.

Lorsque, dans la matinée, Aïcha arriva, de son pas leste, poussant aussitôt en tas les andains, vigoureuse, rapide, le vieux Gustave capitula. Chasser Aïcha serait de la folie. De tous, elle était la plus travailleuse, la plus sérieuse. Quelle vacherie que la vieillesse ! A eux deux ils auraient fait marcher la ferme comme jamais.

A eux deux ? Qu'allait-il imaginer là ? Et Ernest, et Alfred et Emilie ?

Une trop forte douleur dans les reins le tenait courbé. La terre est si basse ! De moins en moins basse puisque son dos se voûtait et qu'il avait de plus en plus tendance à regarder le sol plutôt que le ciel. Ce sol auquel il avait été voué depuis son plus jeune âge, qu'il avait labouré, ensemencé, protégé des prédateurs, dont il avait recueilli les grains et les fruits. Il l'aimait cette terre, même si elle lui donnait des courbatures.

En essuyant d'un revers de manche la sueur de son front, il regardait Aïcha qui soulevait allégrement de sa fourche les monceaux de foin.

– Trop tard. Elle est venue trop tard.

Depuis qu'elle avait essayé d'empoisonner Aïcha Emilie dépérissait. La peur la taraudait. Elle avait peur d'Ernest qui la toisait avec mépris. Elle avait peur d'Alfred qui la regardait, croyait-elle, avec dégoût. Quant à la négresse, elle n'avait cessé de l'effrayer.

Puisque cette dernière avait survécu gaillardement à la dose de mort-aux-rats, cette peur s'était amplifiée. Elle se persuadait qu'Aïcha l'épiait, qu'elle méditait un mauvais coup. Elle ne touchait à sa nourriture qu'après avoir bien observé qu'Aïcha n'avait pu s'en approcher.

Dans la salle commune, Aïcha, toujours dans ses jambes, voulait l'aider, l'affolant à trop vouloir l'aider.

– Laissez-moi tranquille. Je ne suis pas malade.

– Mais si, répondait doucement Aïcha, vous êtes malade. J'ai bien vu que vous cachiez du sang dans votre mouchoir. Ça porte malheur.

– Foutez-moi la paix.

– Vous n'aurez jamais la paix parce que vous avez chassé vos enfants.

Aïcha disait perfidement cela de sa voix douce et Emilie le ressentait comme une gifle.

– Ne me parlez pas des enfants !

– Si j'en parle, répondait Aïcha, c'est parce que je les entends crier.

– Sorcière ! Sorcière, hurlait Emilie.

Elle hoquetait, toussait, et du sang noir coulait de ses lèvres crispées.

Le vieux Gustave qui, depuis qu'il menait sa ferme, n'avait peur de rien, commençait à avoir peur de tout. Comme il trébuchait souvent en montant la colline, il avait peur de tomber une nouvelle fois. Il avait peur des bourrasques, de l'orage, de tous ces imprévus du climat qui sont le lot de la vie paysanne. Il avait peur de ses fils dont il soupçonnait qu'ils manigançaient quelque chose. Mais quoi ?

En réalité une peur confuse, insidieuse, s'était abattue sur la ferme. Même Ernest, si bravache, ne mouftait plus guère. Il paraissait résigné. Résigné à quoi ? A ce que sa vraie nature, froussarde, le reconquière.

Depuis son retour, il n'avait cessé de crâner

en parlant de la colonie. Alors qu'en Afrique il n'avait cessé d'avoir peur. De tout. Des sous-offs quand il était soldat, des officiers lorsqu'il devint sergent. Du climat. Des épidémies. De la forêt. Des nègres. Et même des femmes noires.

Il avait peur de toutes ces bêtes dévorantes que l'on entendait hurler ou gémir dans la savane. Il avait peur de ces femmes nues qui s'offraient si facilement, trop facilement, de leur grande bouche et de ce sexe si large qui étonnait et échauffait tant la bleusaille, avant que n'intervienne la peur d'être englouti, la peur d'être dévoré.

Lorsqu'il disait à Alfred qu'Aïcha pouvait tout bouffer, la ferme, ses habitants, ses animaux, et qu'il y avait longtemps qu'elle l'avait boulotté, lui, et qu'elle le digérait, il ne plaisantait pas. Pour une fois, il disait la vérité. Il avait rapporté d'Afrique cette créature prodigieuse qui, comme une énorme sangsue, le vidait lentement de son sang, de sa vitalité.

Contrairement à ses rodomontades, Ernest n'avait pas conquis l'Afrique. C'est l'Afrique qui l'avait conquis et qui le retenait prisonnier.

Il avait fait croire qu'Aïcha était son esclave, alors qu'elle le menait en laisse, comme un chien.

La terreur s'était emparée d'Emilie. Aïcha, toujours si près d'elle, dans tous les communs de la ferme, la hantait. Dans le regard d'Alfred, elle continuait à voir un reproche muet. Dans celui d'Ernest, une hostilité mal contenue. C'est comme si on l'avait chassée de la ferme. Elle avait l'impression qu'on la tolérait mais que tous, d'un commun accord, la condamnaient. Le cri, qui ne sortait pas de sa gorge, l'étouffait. Et dans ce cri il y avait un appel lancinant, un appel de ses enfants disparus et dont elle pressentait qu'elle ne les reverrait jamais.

12

Lorsque les deux chevaux pénétrèrent dans la cour de la ferme...

Lorsque les deux chevaux pénétrèrent dans la cour de la ferme, le chien, stupéfait, se mit à hurler. Et, dans l'écurie, l'âne, sentant leur odeur, rua désespérément.

Les gendarmes descendirent de leurs montures et regardèrent avec perplexité ceux qui les attendaient.

Ils n'étaient jamais montés en haut de la colline. Ils connaissaient un peu le vieux Gustave et étaient au courant de tous les racontars au sujet d'Ernest et de la négresse. Curieux d'observer cette famille qui vivait à l'écart du monde, ils se rendirent d'abord près du puits où la noyée était restée étendue, de gros sacs de toile recouvrant le corps.

– Elle est tombée comment ? demanda le brigadier.

– On ne sait pas, dit Alfred. On était tous aux champs. Quand on est revenus, elle n'était plus là.

– Qui l'a repêchée ?

– On s'y est tous mis, dit le vieux Gustave. On a attaché Alfred à une corde. Après tout, c'était sa femme. Et il est descendu la chercher.

– Elle est tombée, ou on l'a poussée ?

– Comment savoir, puisqu'on n'était pas là.

– Si personne n'était là, comment aurait-elle été poussée ?

Il y eut un moment de flottement dans le groupe, puis le vieux Gustave répondit :

– De toute façon on n'a rien vu puisqu'on n'était pas là.

Le brigadier, avisant Ernest :

– C'est vous, le colonial ?

– C'est moi. Sergent, que j'étais...

– Et qu'est-ce que vous faites, ici ?

– On est venus aider le père.

Le second gendarme crut malin de dire :

– Vous avez rapporté un beau souvenir.

– C'est ma femme, dit Ernest.

Les deux gendarmes se regardèrent d'un air entendu.

– Ce ne serait pas elle, des fois, qui lui aurait jeté un sort, dit le brigadier.

– Pourquoi elle ? grogna Ernest. Parce qu'elle est noire ?

– On n'accuse personne. On interroge.

– L'Emilie était très malade, dit Alfred. La pauvre partait de la poitrine. Elle crachait le sang.

– On a déjà vu des jeteurs de sorts qui font cracher le sang, dit le brigadier.

Le vieux Gustave hochait la tête. Il était un peu hébété par ces événements. Et puis, cette accusation de jeteur de sorts le tracassait. Il se disait que, depuis l'arrivée d'Ernest et d'Aïcha, son petit domaine s'était endiablé.

– Vous aussi, père Gustave, dit le brigadier, vous pensez qu'un sort a été jeté ?

– Moi, feignit-il de s'étonner. Je n'ai rien dit.

– Vous n'avez rien dit, mais vous n'en pensez pas moins. C'est vous le maître, vous allez tout nous raconter.

Gustave se ressaisit. La vieille méfiance paysanne envers les hommes de loi lui fit répliquer :

– Je n'ai rien à dire. Tout marchait dans le

bon sens dans ma ferme. S'il y a des jeteurs de sorts, cherchez-les en bas, dans le bourg, ou plus loin. Et puis, la maladie de la poitrine, ça tue toutes les femmes, la mienne, la précédente d'Alfred, et puis celle-ci. Le mauvais sort, c'est le bon Dieu qui nous l'envoie.

Aïcha, assise sur le rebord de l'abreuvoir, écoutait cet interrogatoire avec indifférence. Le brigadier eut envie de la questionner, elle aussi, et y renonça pensant qu'elle comprendrait mal le français, que ce serait trop long, trop fatigant.

Ils remontèrent sur leurs chevaux et, d'un coup d'éperon, s'élancèrent au trot dans le chemin tortueux qui descendait vers le village.

Une semaine plus tard, le vieux Gustave et Alfred se retrouvèrent seuls dans la borderie. Ernest et Aïcha s'en étaient allés, pour ne plus revenir.

Le vieux Gustave avait fait chauffer la soupe. Ils étaient attablés tous les deux, face à face, sur la grande table de la salle commune.

– Croyez-vous qu'en s'en allant, elle a emporté ses démons ? demanda Alfred.

– Tu parles de qui, d'Emilie ou d'Aïcha ?

– C'est vrai, dit Alfred, elles avaient toutes les deux leurs démons.

Ils restèrent un long moment silencieux.

Puis Alfred s'enhardit à dire :

– Peut-être bien qu'on pourrait faire revenir les enfants.

Table

DU MÊME AUTEUR

ROMANS

Aux Éditions Albin Michel

Drôles de métiers
Enfance vendéenne (L'Accent de ma mère, Ma sœur aux yeux d'Asie, Enfances vendéennes)
Ma sœur aux yeux d'Asie
Les Mouchoirs rouges de Cholet (Prix des lectrices de *Elle*, Goncourt du Récit historique)
La Louve de Mervent
Le Marin des Sables
Le Cocher du Boiroux
La Mémoire des vaincus
Le Roman de Rabelais (Prix des Maisons de la Presse)
Les coquelicots sont revenus
Un si bel espoir
Un rossignol chantait
Un amour de Jeanne

ESSAIS

Histoire de la littérature prolétarienne, Albin Michel
L'Accent de ma mère, Coll. « Terre Humaine », Plon
La voie libertaire, Coll. « Terre Humaine », Plon

1793. L'insurrection vendéenne et les malentendus de la liberté, Albin Michel
D'une berge à l'autre, Pour mémoire 1943-1953, Albin Michel
Georges et Louise, Albin Michel

CRITIQUE ET HISTOIRE DE L'ART

L'Art Abstrait, tomes 3, 4, 5, A. Maeght
Atlan, mon ami, 1948-1960, Galilée
Karel Appel, de Cobra à un art autre, Galilée
Jean Dubuffet, paysages du mental, Skira-J. Bucher
Jean Dubuffet, Fall éditions
Les Ateliers de Soulages, Albin Michel
James Guitet, les forces du silence, SMI
54 Mots-clés pour une lecture polyphonique d'Agam, Fall éditions
Le Dessin d'humour, « Points-Virgule », Éd. du Seuil
Journal de l'Art abstrait, Skira
Martin Barré, Calder, Corneille, Fautrier, Étienne-Martin, Kemeny, Kœnig, Marta Pan, Poliakoff, Schneider, monographies chez divers éditeurs
Histoire des arts plastiques de 1945 à nos jours. Entretiens avec Alain Vollerin, 5 vidéocassettes de 53 mn, Mémoire des Arts
L'Art Brut, Corneille, Dewasne, Denise René, Doucet, Étienne-Martin, Guitet, J.-P. Raynaud, Soulages, Takis, Venet, Zao Wou-Ki, vidéocassettes, Mémoire des Arts

Du côté de l'Art brut, Albin Michel
Le Regard et la Mémoire. Portraits-souvenirs de Atlan, Poliakoff, Dubuffet, Chaissac, Fautrier, Hartung, Albin Michel
50 ans d'Art Vivant (1950-2000), Fayard
Gustave Courbet, peintre de la liberté, Fayard

URBANISME ET ARCHITECTURE

Histoire mondiale de l'architecture et de l'urbanisme modernes :
Tome 1, *Idéologies et Pionniers, 1800-1910*, Casterman
Tome 2, *Pratiques et Méthodes, 1911-1985*, Casterman
Tome 3, *Prospective et Futurologie*, Casterman
Esthétique de l'architecture contemporaine, Griffon, Neuchâtel
L'Homme et les Villes, Albin Michel
L'Architecture, le Prince et la Démocratie, Albin Michel
L'Espace de la mort, Albin Michel
L'Architecture des gares, Denoël
Claude Parent, monographie critique d'un architecte, Dunod
Le Temps de Le Corbusier, Hermé
C'est quoi, l'architecture ?, coll. « Petit Point », Éd. du Seuil

Histoire de l'architecture et de l'urbanisme modernes, 3 vol., « Point Essais », Éd. du Seuil

BIO-BIBLIOGRAPHIE

Autour de Michel Ragon, musée des Beaux-Arts de Nantes, 1984
J'en ai connu des équipages, entretien avec Claude Glayman, J.-C. Lattès, 1991
Michel Ragon parmi les siens, Plein Chant, nº 64-65, 1998
Les Itinéraires de Michel Ragon, Aliette Armel, Albin Michel, 1999
*Le Musée du XX*e *siècle de Michel Ragon*, Hôtel du Département de la Vendée, 2000

Composition IGS
Impression Bussière en mars 2005
Editions Albin Michel
22, rue Huyghens, 75014 Paris
www.albin-michel.fr
ISBN broché : 2-226-15966-5
ISBN luxe : 2-226-13919-2
N° d'édition : 23316 – N° d'impression : 051051/1
Dépôt légal : avril 2005
Imprimé en France.